負債魔王

Devil Game

C o n t e n t

喂，我說。
第1話 客房服務
To Work
到底有沒有聽到啊？
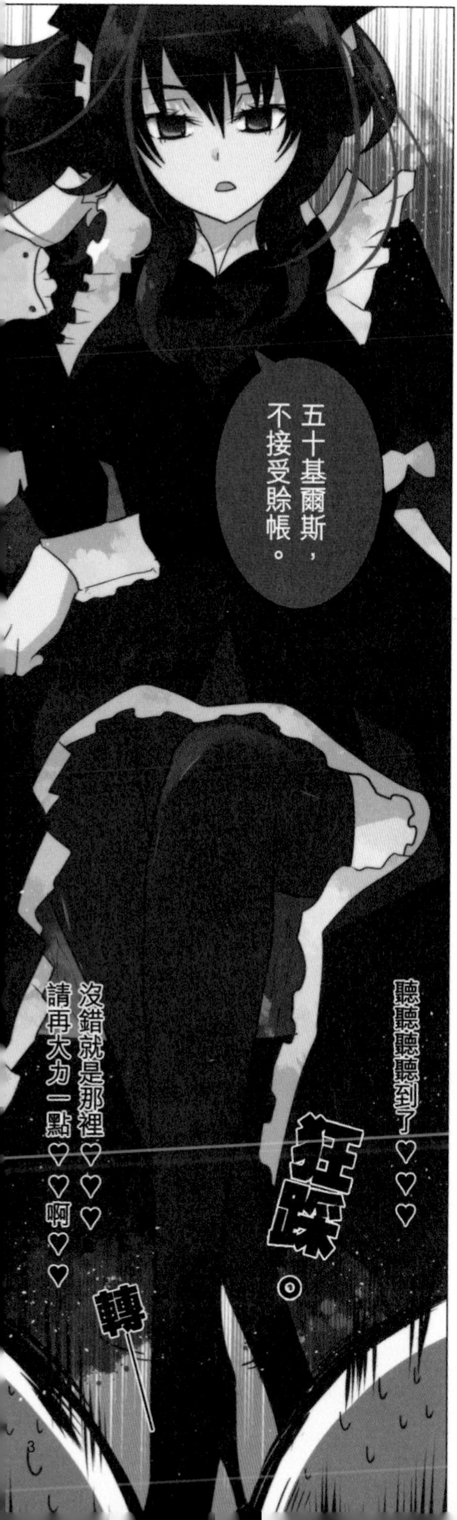
五十基爾斯，不接受賒帳。
聽聽聽聽到了♡♡♡
狂踩。
沒錯就是那裡♡♡♡
請再大力一點♡♡♡啊♡♡
轉

揍下去
妳在做什麼啊！
不過是簡單的侍女工作，為什麼會搞成這樣？
……痛！
痛死了混帳！我很認真在招呼客人耶！
我沒有叫妳
我才正想說呢！
為什麼我們賭注獲勝了，還得穿成這樣？
聽好了，

我的確清空房間讓妳們待在這裡，
但我可沒説是無償的喔。
這算什麼？詐欺手段嗎？
反正你們也走投無路，只能任我宰割了。
居然不否認啊啊啊啊！
所以在我這邊打工吧！
看看你們那個大塊頭夥伴！
做得多麼熟練！
波魯水果酒？好的，有需要加點一份特製鬆餅嗎？
馬上來。
我説真的，那隻就送你們。
盡情使喚。
你們不是夥伴嗎喂！

好了！今天就到此為止，去把今晚要睡的空房間整理一下吧。
好、好。
你說什麼？怎麼可以這樣對客人說話！
有意見嗎？色老頭！
喂喂！我們還沒被玩夠呢！
給我閉嘴！這裡不是那種地方！
色老頭！
真是的。
吵吵鬧鬧的。
啪！
咳！
咳！
這床鋪也未免太多灰塵了吧！
看來很久沒有使用了。

但總比沒地方住好，看來待會有得掃了。
先把這些床單拿去晒吧。
赫露陛下，我有個疑問，
嗯？
海盜遊戲……您作弊了對吧？
妳說什麼我聽不懂喔。
少裝蒜了，在第二回合時，
我確實聽到了很微弱的異音，那時候您動了手腳吧？
……嘖，歌布琳不愧是地精，耳朵還真靈。
沒錯，我是動了手腳，而且真要說……
我早在第二回合就觸動機關了。
?!

歌布琳，妳覺得這種機關類遊戲，要如何才能必勝？
？
必勝？像這種機率性的玩法，怎麼可能存在必……
存在的吧？
既然觸動機關就算輸，
那破壞機關就好啦。
維京人海盜，內部構造其實很簡單。
只要稍稍傾斜，鬥擊就容易失效，無法刺中機關。
越古老、便宜的玩具，越是容易發生這種事情。
於是我用了「這個」。
石塊？
沒錯，我在準備開場的混亂中，
偷偷用石塊將桌腳墊高到不會被察覺的程度。

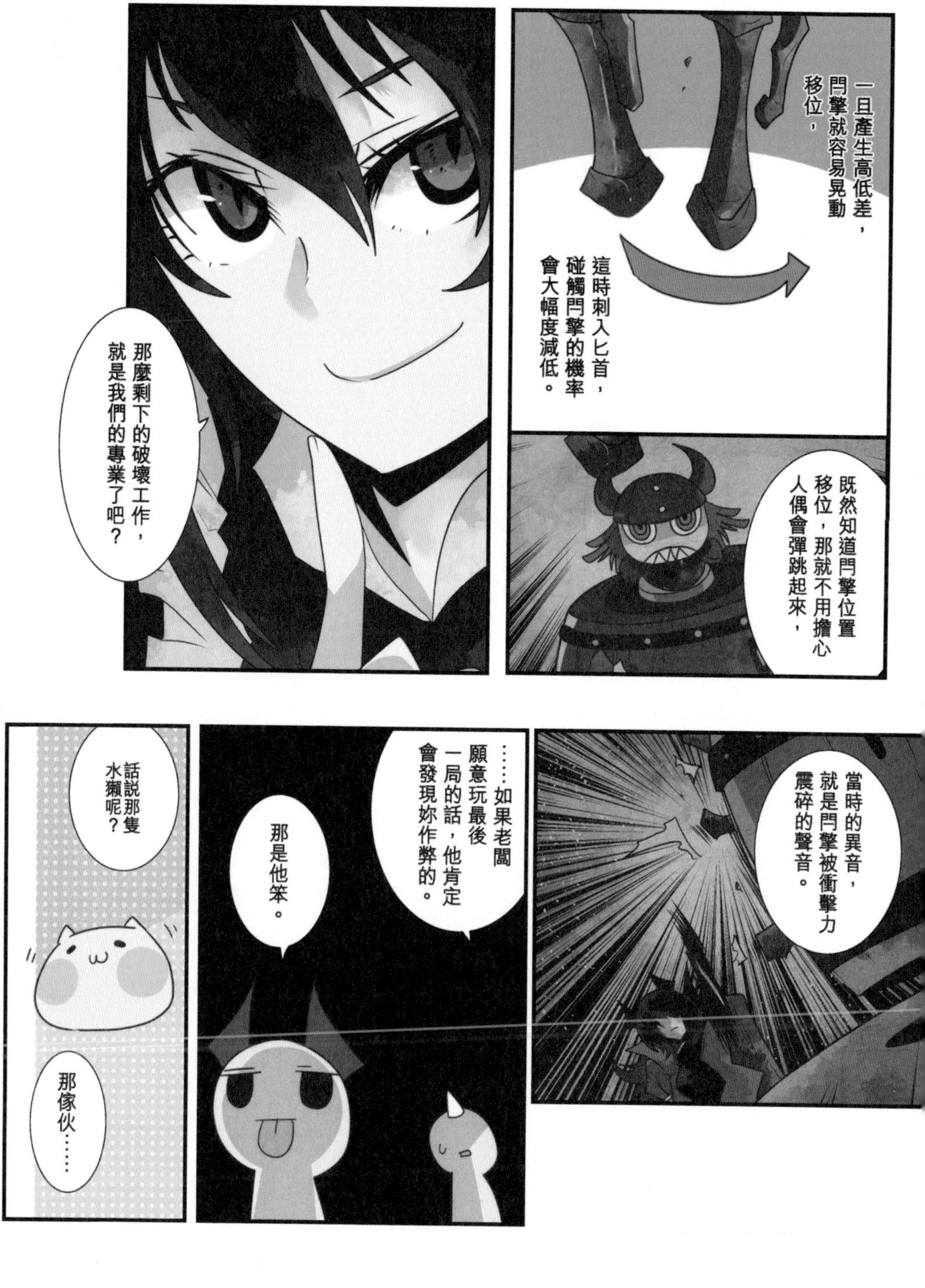
一旦產生高低差，鬥擎就容易晃動移位，
這時刺入匕首，碰觸鬥擎的機率會大幅度減低。
既然知道鬥擎位置移位，那就不用擔心人偶會彈跳起來，
那麼剩下的破壞工作，就是我們的專業了吧？
當時的異音，就是鬥擎被衝擊力震碎的聲音。
……如果老闆願意玩最後一局的話，他肯定會發現妳作弊的。
那是他笨。
話說那隻水獺呢？
那傢伙……

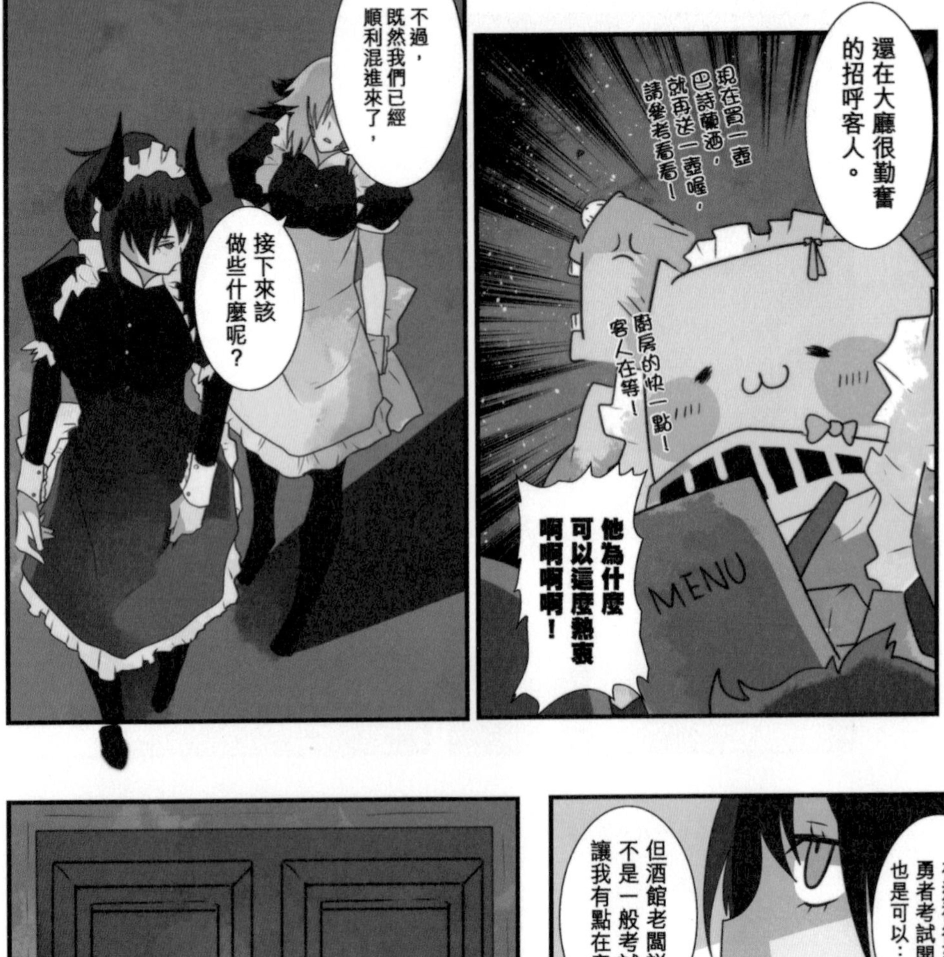
還在大廳很勤奮的招呼客人。
現在買一壺巴詩蘭酒，就再送一壺喔，請參考看看！
廚房的快一點！客人在等！
他為什麼可以這麼熟衷啊啊啊啊！
不過，既然我們已經順利混進來了，
接下來該做些什麼呢？
這個嘛……在這裡待到勇者考試開幕也是可以……
但酒館老闆說不是一般考試，讓我有點在意。
保險起見，我想多蒐集一些情報。
叩、叩！
客房服務。

客房服務？
我可沒有叫妳們過來啊。
……算了，我剛好需要人打掃，進來吧。
佩波邦・卡爾斯
最年輕魯納魔法一級檢定召喚師
喂，別傻愣在那裡，身為侍女，先泡壺茶給主人是常識吧？
嬌蠻大小姐類型！
把我換下的衣服褶好。
是、是！
把架子上的書給我吧。
動作太慢了。
～～～唔！
茶泡錯了！
抱、抱歉！

哼……一點也不像是職業侍女呢。
冷靜。
……哦？
妳知道我們？
好了，我們就直接講白吧。
你們這兩位要參加勇者考試的侍女來找我做什麼？
勇者考試這麼重要，
收集參加人員的情報也是理所當然吧？
不愧是史上最年輕的天才召喚師……
我花了不少錢僱用情報屋，
才得以一窺勇者考試的「表面」。

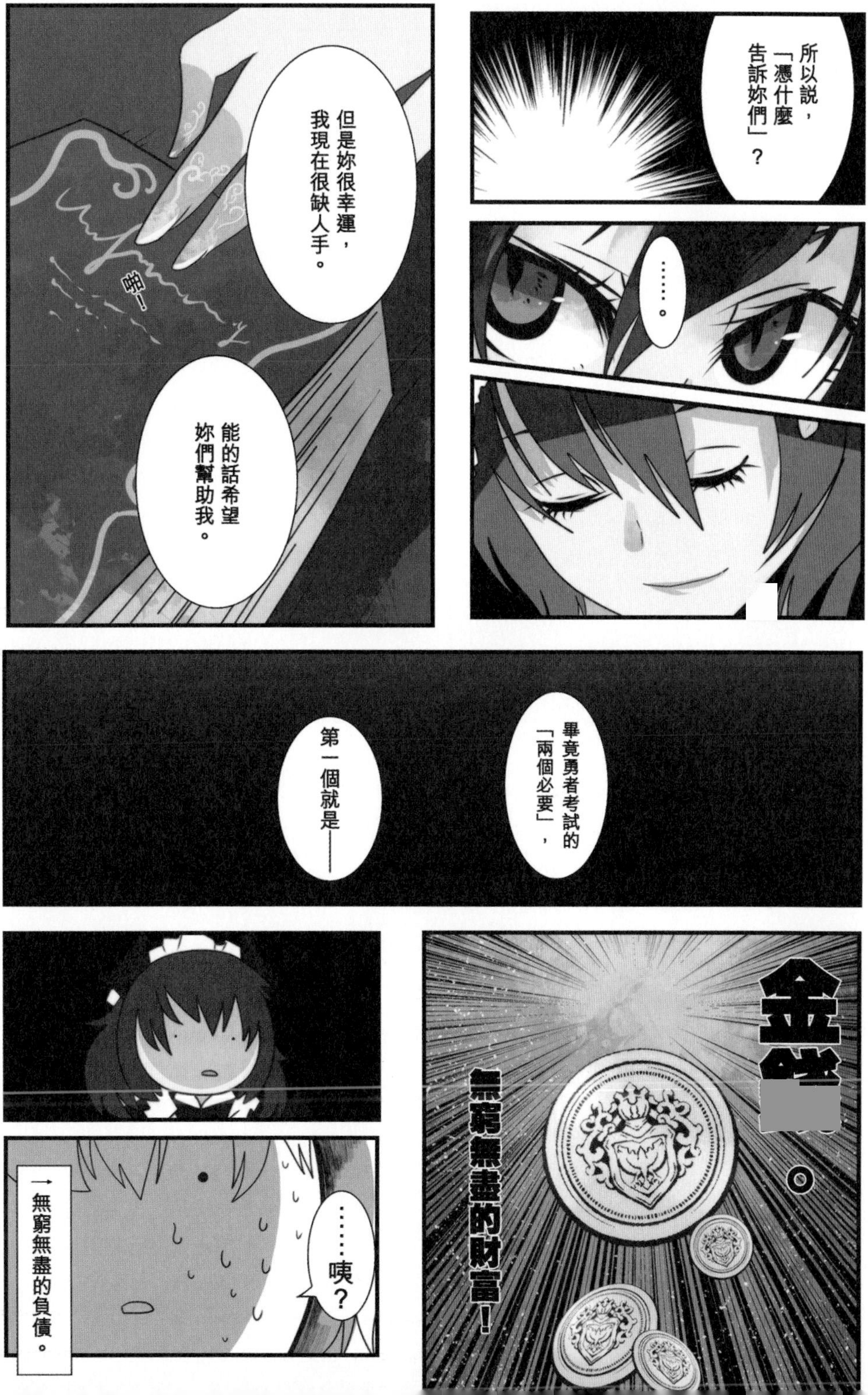
所以說，「憑什麼告訴妳們」？
……。
但是妳很幸運，我現在很缺人手。
啪！
能的話希望妳們幫助我。
畢竟勇者考試的「兩個必要」，
第一個就是——
金錢。
無窮無盡的財富！
……咦？
→無窮無盡的負債。

妳、妳說需要大量的……
金錢？
等、
等等！
莫名其妙！勇者考試跟金錢有什麼關係？
更何況妳的線索，憑什麼可以認定來源是正確的？
參加過考試的人，記憶會被消除。
宮廷那邊，進行了記憶取代的高等魔法。
可是他們大概沒想到，
人類之中，總會有幾個——
精通抵抗負性魔法的傢伙。
?!

換句話說，能夠從事密探的人，自然有他們生存的法子，
這個妳就不用瞎操心了。
但是要準備多少金額才夠？
整個遊戲規則都無法得知。
一旦在這種事情上落後，就只能等著被刷掉了。
看來只能棄權了。
沒錯，畢竟我們三餐方糖……
不是啦！誰要棄權啊？
先說好！我們沒有錢！
想從我們身上榨取也是沒有用的！
放心吧。

這我早知道了，不然妳們也不會淪落到在這裡打工。
唔……！
不用擔心，資金方面，
統統由我來準備。
?!
就、就妳一個來準備？
我可是名門之後，區區十幾二十億元不是問題好嗎？
億？
既然妳自己有辦法負擔，那為何還要拉攏我們？
跟「第二個必要」有關？
腦筋轉得很快嘛。
沒錯，我需要妳們的力量。
同時這也是勇者考試的「第二個必要」……

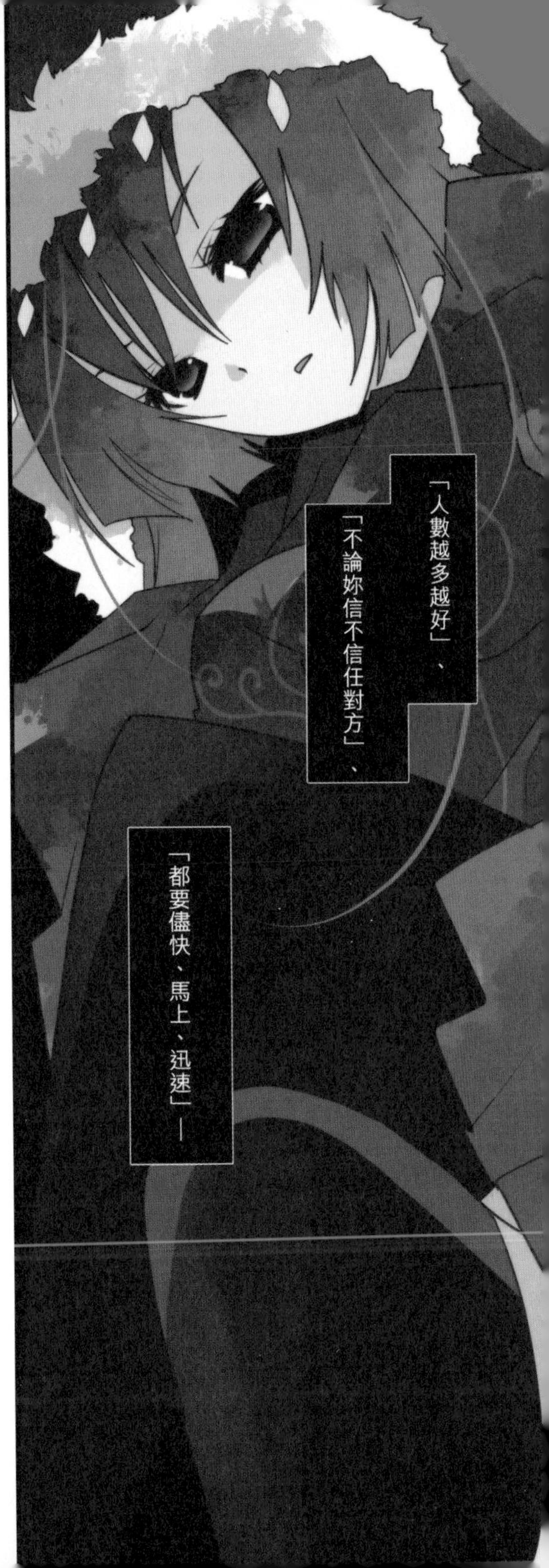
「人數越多越好」、
「不論妳信不信任對方」、
「都要儘快、馬上、迅速」——

組織隊伍。
一樣，目的不明、規則不明、需求人數不明。
但我不想找雜魚充數。
多虧我在這間酒館蒐集情報時，

幸運的遇到妳們。
我們？為什麼？
別裝傻了，巴繆大叔可是相當厲害的……重力型魯納勇者啊。
?!
當時他對「全場」都使用了那玩意，
為什麼妳們卻能抵銷他的重力波？
這……
↑不自覺防禦。
他為何要跟妳玩遊戲？
還讓妳們在這裡打工？
是因為好奇吧？也許妳們能成為「勇者」，
將那些可恨的外來惡魔趕盡殺絕。
哈、哈哈……
外來惡魔的王↓
外來惡魔的前鋒部隊隊長↓

總之，妳們很強！這讓我決定在妳們身上賭一把。
如何？聽完了「兩個必要」，
可以擁有我家族的資產支援，
也足夠滿足組隊需求。
妳們應該不會拒絕吧？
對方是職業的二星斥候勇者。
只要收錢就給情報，這點對國家不怎麼忠誠就是了。
這個情報來源，
可靠嗎？
雖然我不想透漏給第三者，但現在也只能拿出誠意來。

嗯……
我是很感動啦。
但想問問，
那邊那個傢伙
該怎麼處理？
?!
?
?
劈哩——
裂開——
磅！
?!
你、你這傢伙是……！
惡名昭彰的
祕寶獵人——
囚犯——
圖特！

負債魔王

DEVIL GAME

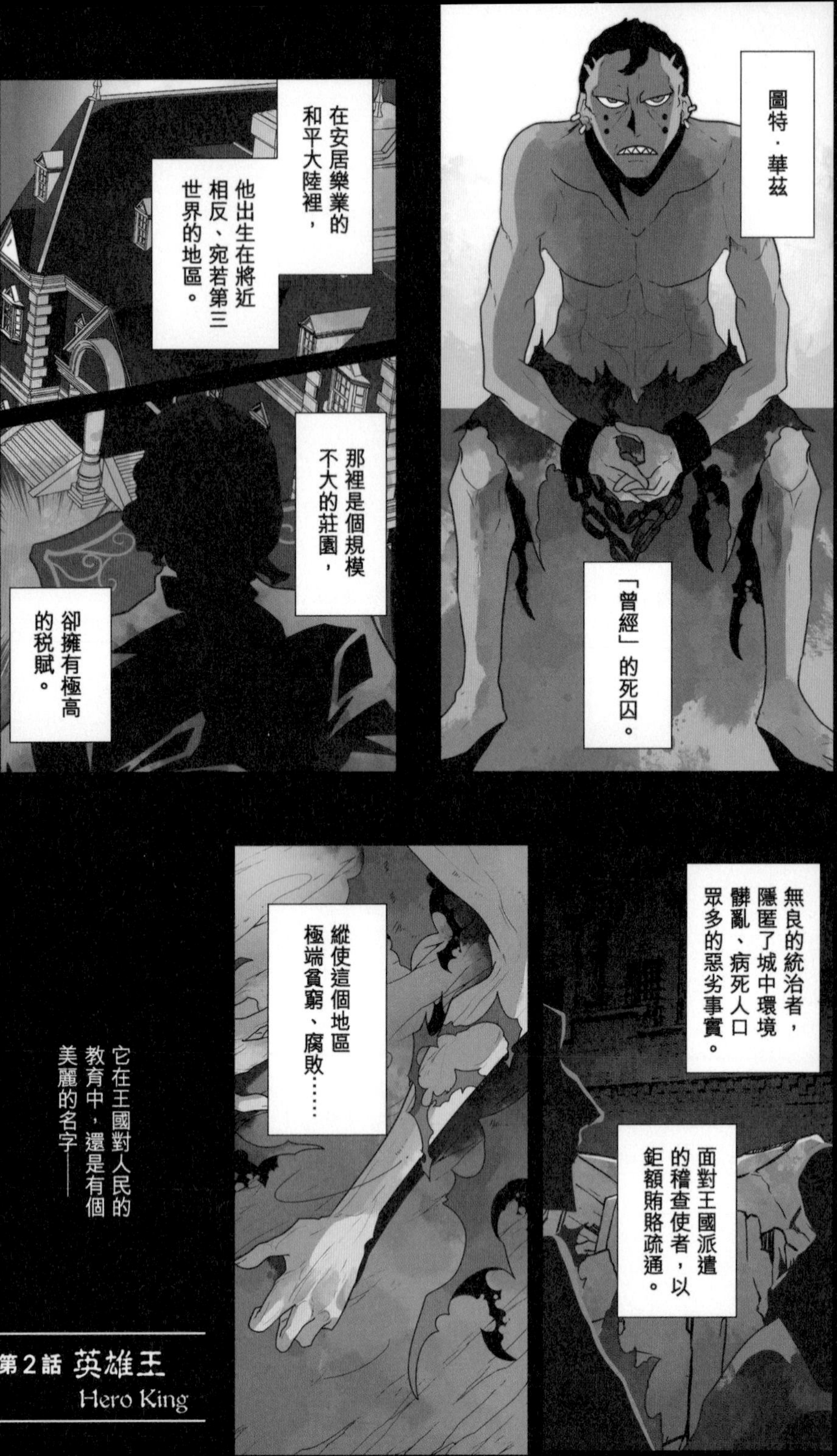
圖特·華茲
「曾經」的死囚。
在安居樂業的和平大陸裡，
他出生在將近相反、宛若第三世界的地區。
那裡是個規模不大的莊園，
卻擁有極高的稅賦。
無良的統治者，隱匿了城中環境髒亂、病死人口眾多的惡劣事實。
面對王國派遣的稽查使者，以鉅額賄賂疏通。
縱使這個地區極端貧窮、腐敗……
它在王國對人民的教育中，還是有個美麗的名字——

第2話 英雄王
Hero King

距離天堂最近的地方——
「天空花園」。
統治者封鎖了對外的任何連繫，
也完全不讓外來者進入這個地區。
居民深信，只要追隨這位被冠上「勇者」之名的統治者，
他們認為，這裡遠比別的地方更加幸福。
就會邁向更美好的生活。
圖特也是其中之一，

最後，統治者貪汙、通敵與隱匿等事件曝光。
遭處極刑。
獲得「解放」的天空花園居民，
開始到各個地區旅行、定居，
圖特當然也是。
可是他已經無法再有別的生存法則。
即使到了和平的世界，圖特依舊燒殺掠奪，過著黑暗世界的生活。
三十歲那年，背負超過七十條人命，
讓宮廷感到相當頭痛的人物——圖特。

長老院予以死刑論定。
但是！
你卻因為新英雄王繼任，而幸運獲得特赦。
到底想做什麼？
死亡囚犯——圖特！
你這傢伙特地來參加考試……
哼，囉唆的女人，
這種事沒有必要告訴妳。
什麼！

倒是妳們的那些情報，
我可是非常有興趣啊。
如果關鍵是組隊的話，
那麼也算上我一份吧。
?!
開、
開什麼玩笑！怎麼可能讓你這種危險人物加入！
而且我還沒跟你算竊取情報的帳……
冷靜一點。
揍下去
痛、
痛死了！妳是站在他那邊的嗎？
這支隊伍，除了妳跟我們之外，

還有我的一位隨從，對上強敵明顯戰力還不足，
什、什麼？妳瞧不起我的魔法知識……！
不要太看得起自己！
勇者考試肯定聚集很多像你們一樣，
超高水準的候補生！
如果圖特像妳說的這麼厲害！
肯定可以加強我們的戰力。
我反對！
其他人就算了！這傢伙根本無法信任！
佩波邦，妳曾經說過吧？
「人數越多越好」、「不管信不信任對方」、都要儘快組隊。
唔！

可是我對這傢伙沒有信賴基礎啊！
這支隊伍從一開始就不是用信賴感建立的，
佩波邦，我需要妳關鍵的資金還有魔法知識。
唔……
我們也見識到圖特驚人的隱匿與情報竊取技術。
卡布琳，萬一發生戰鬥，我們必須依賴妳。
我們沒有信賴基礎，但我們擁有「目的」！
為了共同利益而結盟的隊伍，更加強大！

明天就是勇者考試開幕！就由我們五個人上吧！
我們要贏得最後勝利！
第五個人，
依舊熟練的打工中。

吵雜
大會報告——！
大會報告——！
吵雜
職業勇者考試——通稱「勇者會議」，即將開始！
吵雜
吵雜
吵雜
我們請國王——「西格德・佛爾頌」來為各位致詞！
吵雜
……

是、是英雄王！
沒想到居然能夠親眼目睹啊！
吵雜
各位候補生早上好，今日氣候無雨涼爽、風速二級，
在這樣的好日子裡，國王特准你們——
盡情痛快的互相殘殺吧♥

那是英雄王？看起來真是年輕啊，
這樣的小鬼治理國家沒問題嗎？
別亂說話，他可是那個……
不僅擊退「龍」，還領導人類聯軍殲滅魔王，
成功剿滅嚴重危害人類的「龍族」，
因而聲名大噪的人類最強一族——「佛爾頌」後代。
因為有佛爾頌家族，才有這個強盛無敵的國家。

安靜！
全部人都給我仔細聽好。
退避
勇者考試的規則，只說一遍。
赫露露？那位左大臣怎麼了嗎？
唔……之前有點過節。
不談這個，妳的資金調度沒問題了嗎？
雖然花了一些時間，但總算是到位了。

總算湊到二十億，這是卡爾斯家族的極限了。
超級名門貴族！
二十億……
不過佩波邦肯定吃了不少苦頭，
其他家族要湊個五億，我想都很困難吧？
安靜、安靜！人見人愛的英雄王大人要說話囉！
開——玩笑的啦♥
那個——
大家應該知道「勇者考試」，
不考戰鬥知識，或是什麼國家歷史那種八股的玩意。

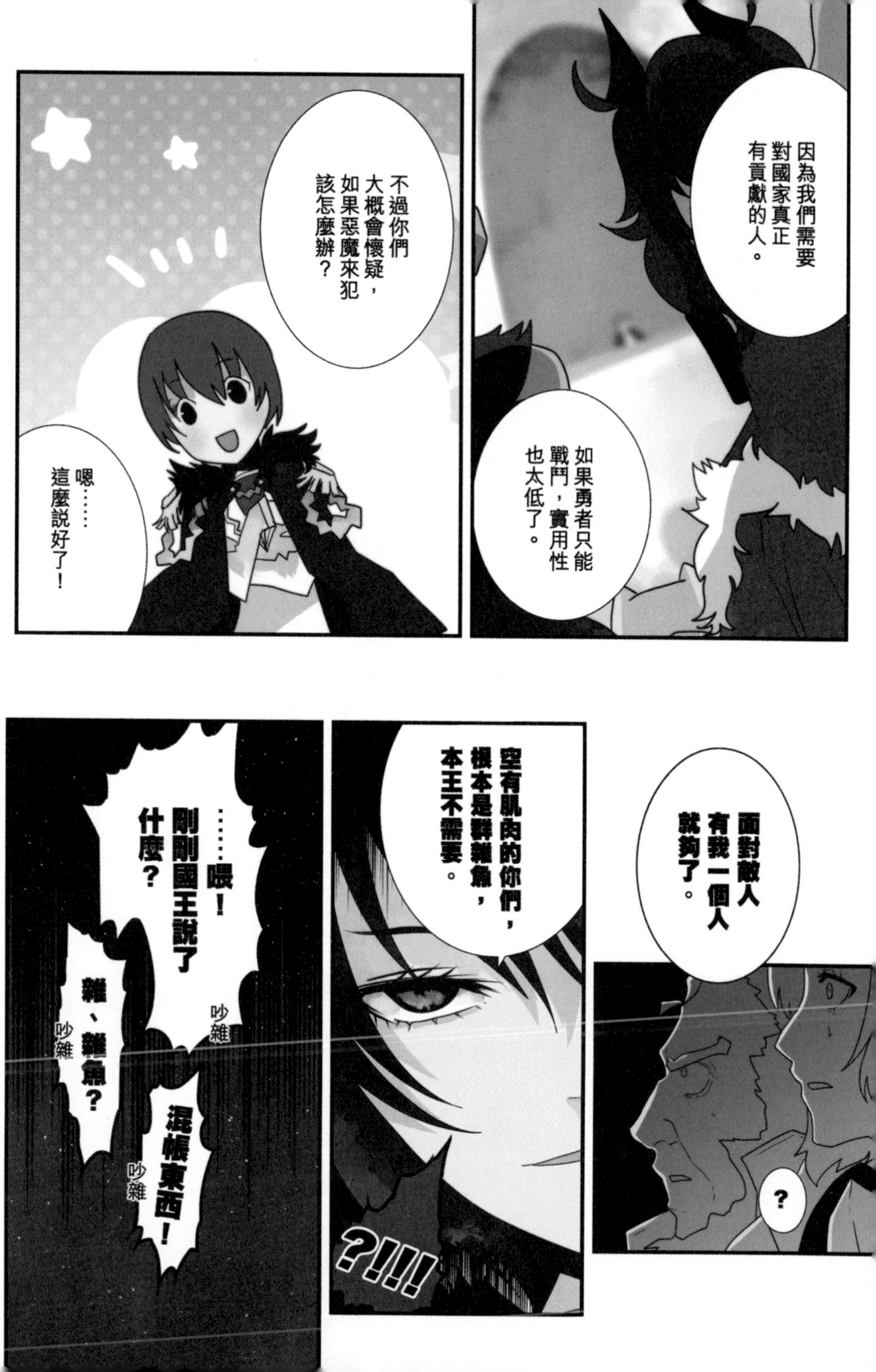
因為我們需要對國家真正有貢獻的人。
如果勇者只能戰鬥，實用性也太低了。
不過你們大概會懷疑，如果惡魔來犯該怎麼辦？
嗯……這麼說好了！
面對敵人有我一個人就夠了。
？
空有肌肉的你們，根本是群雜魚，本王不需要。
?!!!
……喂！剛剛國王說了什麼？
吵雜
雜、雜魚？
吵雜
混帳東西！
吵雜

不想成為我
口中的雜魚，
就請努力通過
考試吧。
屆時在我眼中，
也許可以從「雜魚」
進化成「家畜」喔♥
難怪要消去
勇者考生的記憶……
這些話傳出去
還得了……
好了，閒話休提，
我正式宣布
勇者考試規則
通過條件——

繳交五十億元。
就能被賦予「一星勇者」的稱號！
什麼……？
你們沒有聽錯，這世界只有兩種人——富人與窮人！
如果辦不到，那就請繼續當個雜魚，在這底層爛泥下打滾吧。
!?
五……
五十億元？

佩波邦，妳有辦法湊到那個數字嗎？
怎麼可能？二十億幾乎動用整個家族的有形資產，
更何況價差達一倍以上。
能夠拿出這筆金額的參賽者，肯定寥寥可數。
再這樣下去，本屆合格率將會是……
零！
喧鬧
喂……你身上有這麼多錢嗎？
怎麼可能？
吵雜
葦，妳有什麼辦法嗎？
回家。
喀！
麻煩前面讓讓，雜魚們。

擋到我這位「韋蘭家族」的現任當家……
即將成為「勇者」的輝煌道路了。
啊？
都準備好了嗎？
是的，少爺。
神祕洞窟地圖
由獵人勇者團隊所繪製的稀世地圖。
佛瑞劍
豐饒之神賜予的賢明之劍。
飛行翼
只要裝上它就能夠翱翔。
我將這些總價值超過七十億的寶物，
獻給陛下！

這樣一來，我便是國家認可的「職業勇者」了。
沒錯吧？吾王。
本英雄王「西格德・佛爾頌」正式任命你為——
本屆勇者會議第一個合格者！
……
嗯，沒錯。
萬分感謝，陛下。
居、居然如此輕易就……
吵雜
吵雜
豈有此理！
這算什麼職業勇者考試啊！

大會報告！本屆第一位勇者合格者出爐，由韋蘭家族……
吵雜
吵雜
除此之外呢？
還有候補生可以拿出五十億嗎？
……果然沒有嗎？
對於你們這些雜魚來說，還是有些勉強啊……
碰！
躍起！

踩碎！

不可原諒啊，國王陛下。
我鍛鍊一生，只為了要加入憧憬的長老院「神兵」軍團。
但如今，我們卻因為沒有家世背景，而被排除在外。
沒有人可以接受這種考試規則的，英雄王。
嗯……傷腦筋耶，那還是勸你快點放棄這個想法，
「神兵」可沒有一個是像你這樣的雜碎喔？
……！
是嗎？那就讓你見識看看！
我耗費一生鍛鍊的實力！
起衝突了，英雄王會贏吧？
肯定是，實力明顯有落差。
不過應該會手下留情，
畢竟在國人面前……

唔喔喔喔喔！
咦？
太慢了。

啊啊啊啊啊啊！！
是血！是血！
騷動
在你們這群雜魚中，有考試前不斷蒐集情報的傢伙，
也有隨遇而安，想藉著實力過關的人。
導致這裡被分成組隊集資、富有的「隊伍」。
以及完全沒有情報，兩手空空的人。
沒錢的傢伙就像獵人。
要奮力消滅獵物，掠奪財物資金。
有錢的隊伍就像「狼群」，
為了不讓獵人壯大，要一一消滅他們。

不覺得很剛好嗎？
獵人、獵物之間開始互相殘殺，掠奪財物！
手段不拘，只要能夠湊齊目標金額就能過關！
所以我決定了！從現在開始要進入勇者考試第二階段！
身上有資金的狼群為「獵物」！
一貧如洗的傢伙為「獵人」！
?!

狼群與獵人」

隊伍最少為五人，五人以下自動解散為單人。

團隊行動者，每人分別取得十億才能過關！

單人行動，得湊到五十億才能合格。

團隊中只要一個人沒湊齊，即為不合格！

取得金錢手段不拘，允許殺害「被獵者」。

我建議團結合作，不管是狼群還是獵人……
就算是雜碎，聚集在一起還是能成為一股力量呢。
為什麼這麼剛好？我們恰巧被分成「有錢的獵物」與「沒錢的獵人」……
什麼意思？
是英雄王故意把情報洩漏出去的，而且只給少部分人，
如此一來，才能互相殘殺。

我想休息了。
好的。
↑不喜歡工作的上司。
↑溺愛上司的下屬。
負債魔王
DEVIL GAME

職業勇者──
人類世界中最受崇敬的一種聖職。
勇者不但擁有治理一城的權利，
還能加速進入王國的權力核心之中。
第3話 狼群與獵人
Transaction Game
各方名門貴族，皆不惜一切也要取得勇者資格，
鞏固自己的勢力範圍。
身懷鉅款的赫露隊伍，中了英雄王的計謀，成為了「獵物」。
另一半則成為了虎視眈眈的「獵人」。

「獵」與「被獵」，
勇者考試就此正式開始。
發光——
?!
胸口在發亮？
騷動
什麼玩意？
這是本王賜予你們的暫時性魔法。
純粹只是調查用而已。
有了這個，你們能對敵人發動最多三次的「偵查」。

被偵查者，
會顯示出數字給施術者，無從保留。
議論紛紛
800,000,000
12,000,000
0
而為了要讓各位知道誰是獵物跟獵人，
我會暫時顯示每個人的金額讓大家參考。

鏘！
大會報告，勇者考試正式開始！
鏘！
戰場範圍為整個海鷗島鎮，請各位候補生……
好好記住哪些是……
「獵物」吧♥
……

這些傢伙看我們的眼神有點不太一樣啊！
不要慌，考試才剛開始，大家動作不會這麼快的。
沒錯，
候補生現在被分成幾種類型。
第一，覬覦中的獵人。
第二，被鎖定的獵物。
就像我們一樣。
而第三種才是我們最需要注意的。
認為搶奪最有效率的——

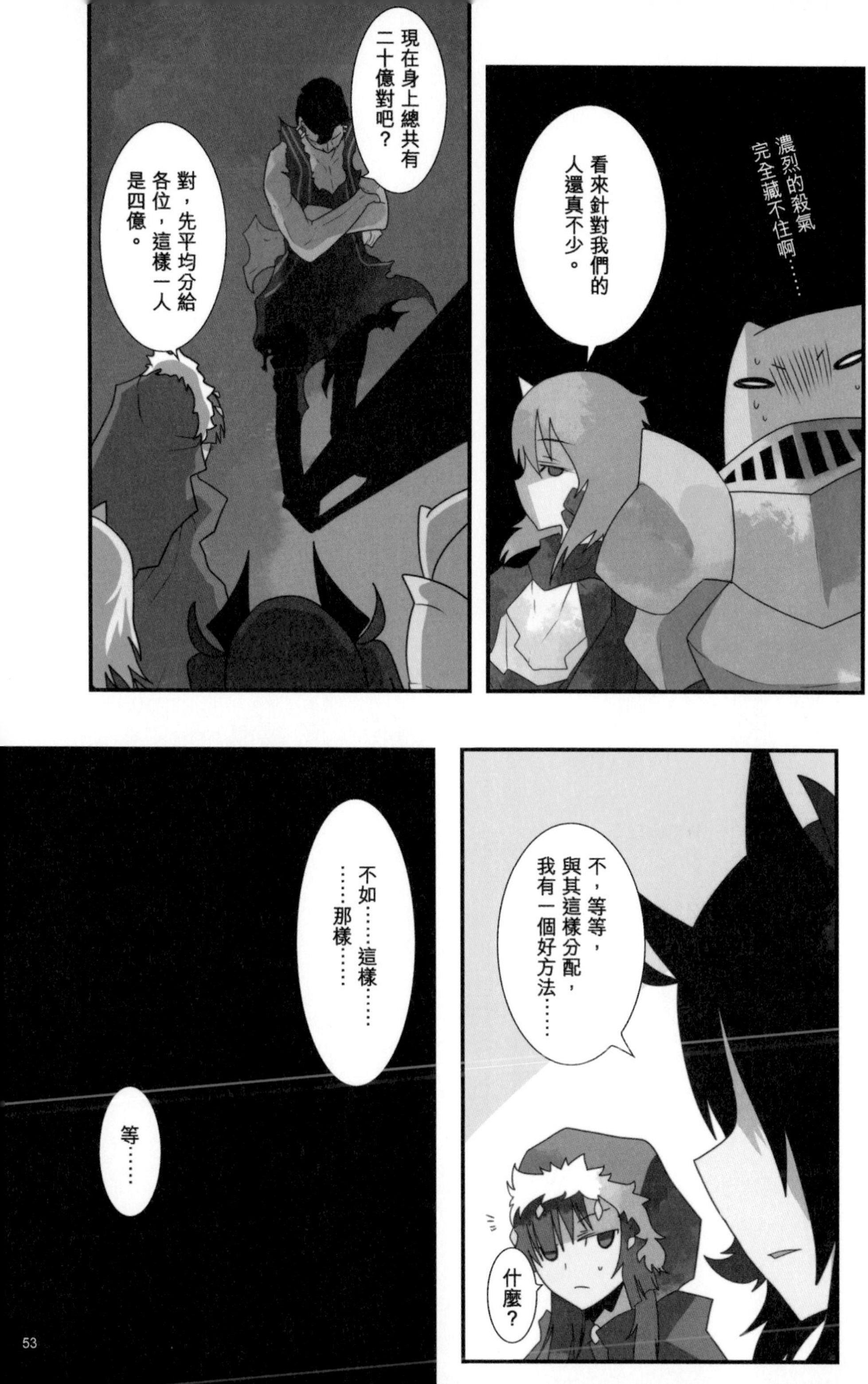
濃烈的殺氣
完全藏不住啊……
看來針對我們的人還真不少。
現在身上總共有二十億對吧？
對，先平均分給各位，這樣一人是四億。
不，等等，與其這樣分配，我有一個好方法……
什麼？
不如……這樣……
……那樣……
等……

等等……妳是認真的嗎？
赫露露！
妳剛剛說的方法的確是很有說服力！
但如果失敗了，我們可是會……！
佩波邦，放手一搏吧，
這很有可能是這場「遊戲」……僅存的突破口了。
……
不……

別……
殺我……
求求你們不要殺我！
我棄權！所有的錢都給你們……
噴濺
……
這傢伙身上只有一千萬，
運氣不好啊。
擦拭

使用「偵查」不就行了？葷。
你是傻子嗎？骸。
考生上千人，使用次數可是只有三次啊。
但英雄王免費優待的一次「全體偵查」。
也不過短短一分鐘。
足夠了，至少鎖定五億以上的獵物沒有問題。
「赫夫・洛洛」——
隊伍總計十億獵物。
大海賊世家「巴恩・帕恩」——
隊伍總計十五億獵物。
「佩波邦・卡爾斯」——
隊伍總計二十億獵物。
這是這場考試中，資金排行前三名的隊伍
只要將重點放在他們身上即可。

手段呢？蕈。
你是傻子嗎？骸。
當然是——
殺無赦。
妳真是可怕的妹妹啊，蕈。
雖說整個海鷗島鎮，都是勇者考試的戰場。
但是店家還是照常營業呢。
畢竟這是大賺一筆的好機會。
[redacted]

嗯……這也意味著可以藏匿的地點很多。
是沒錯。
一大家條件一樣嘛。
請不要靠近。
後退！
？
喧鬧
吵雜
走開！
不准靠近。
後退！
……
是候補生。死了。
掠奪行動開始了嗎？
一點也沒錯，

身為本屆大會最昂貴的獵物，請務必隨時警戒♥
否則這美麗的頸子，就讓我來親手……
扭·斷♥
放開……
我！
……逃得真快。

監視我們的人太多了。
裡頭總是有些蠢蠢欲動，
卻又沒有藏好殺氣的傢伙——
鏘！
簡直愚蠢透頂。
捏碎

嗚嘻嘻嘻……
斷掉了，斷掉了！
果然厲害！
你這傢伙……
活膩了嗎？

哈哈哈哈哈！
好驚人的壓迫力！
但妳以為我
會毫無準備就
發動攻擊嗎？
?!
濃煙瀰漫
卡、卡布琳！
嗚哇啊啊啊
啊啊啊啊！
妳這笨蛋
在幹嘛？
喂！
妳們沒事吧？
聚氣

吼!
唔喔!好險!
嗚嘻嘻!魯納詭兵器——「返齡終結」!
劍身破碎後,會釋放大量迷霧!
被籠罩的人,力量會徹底退化——
外表心智也將回到幼童時期!
毫無戰力!
碰!
碰!
碰!

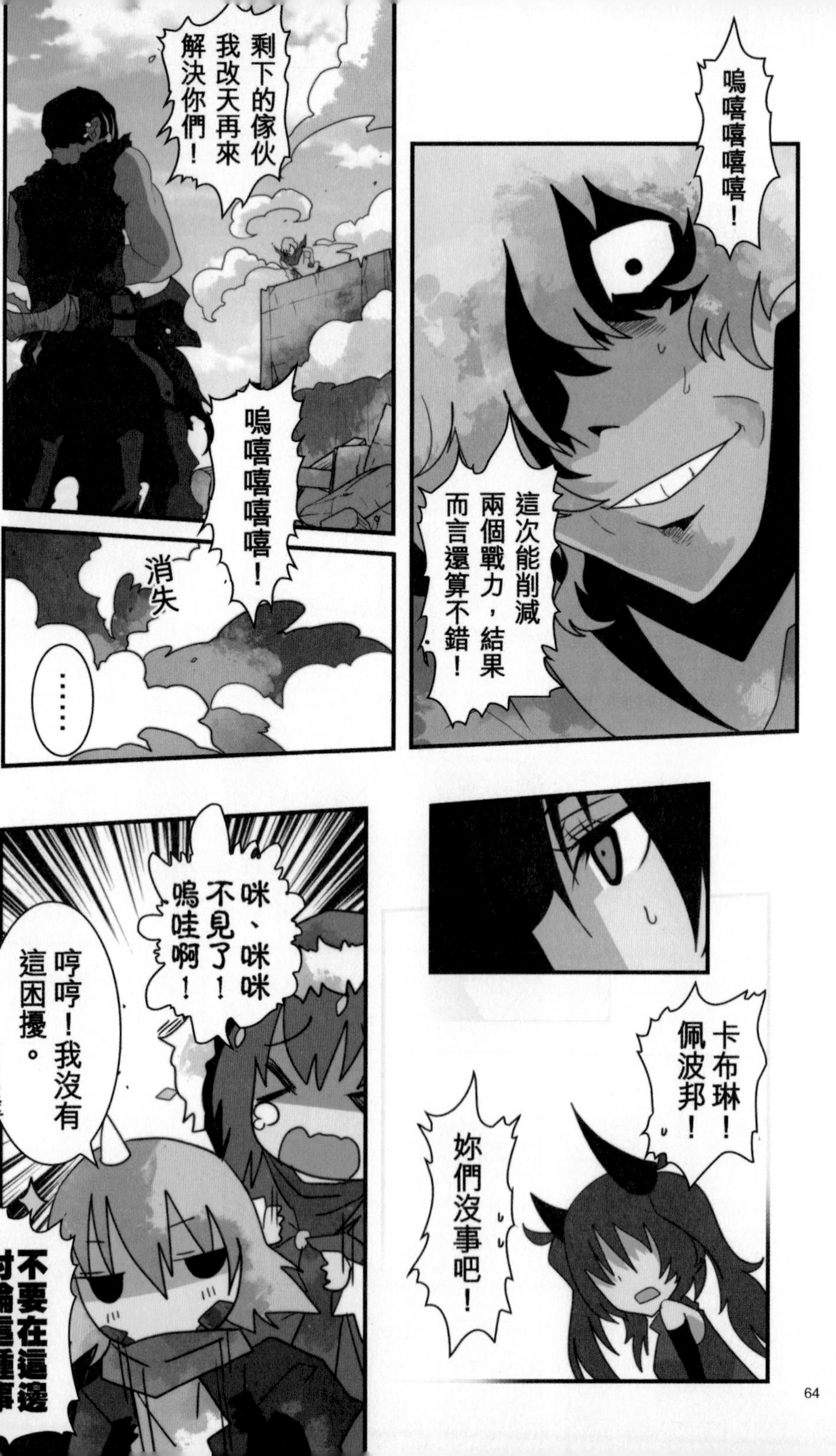
嗚嘻嘻嘻嘻！
這次能削減兩個戰力，結果而言還算不錯！
剩下的傢伙我改天再來解決你們！
嗚嘻嘻嘻嘻！
消失
……
卡布琳！佩波邦！
妳們沒事吧！
咪、咪咪不見了！嗚哇啊！
哼哼！我沒有這困擾。
斷崖絕壁
不要在這邊討論這種事小鬼！

↑對小孩子耐心0。

負債魔王
DEVIL GAME

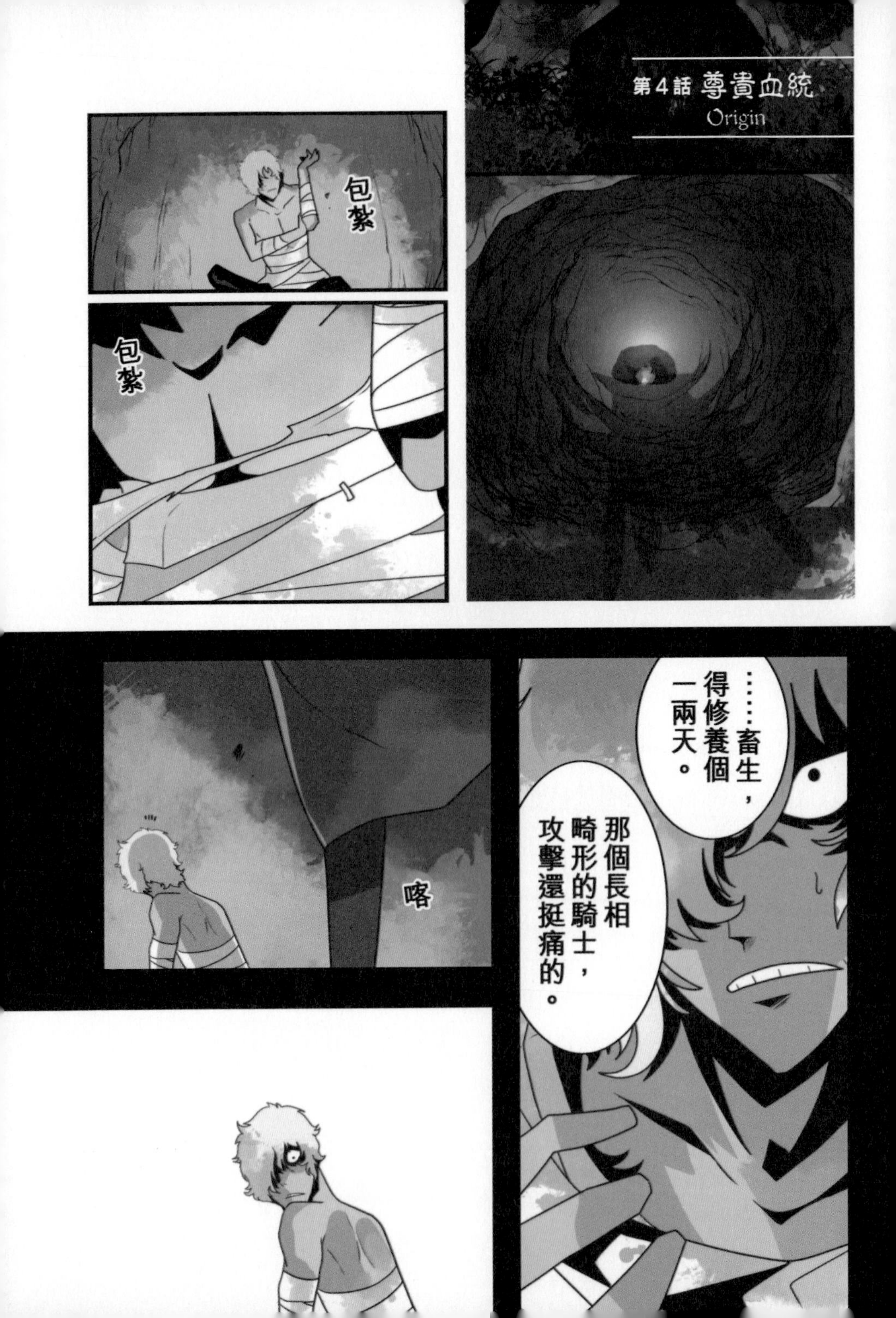
第4話 尊貴血統
Origin
包紮
包紮
……畜生，得修養個一兩天。
那個長相畸形的騎士，攻擊還挺痛的。
喀

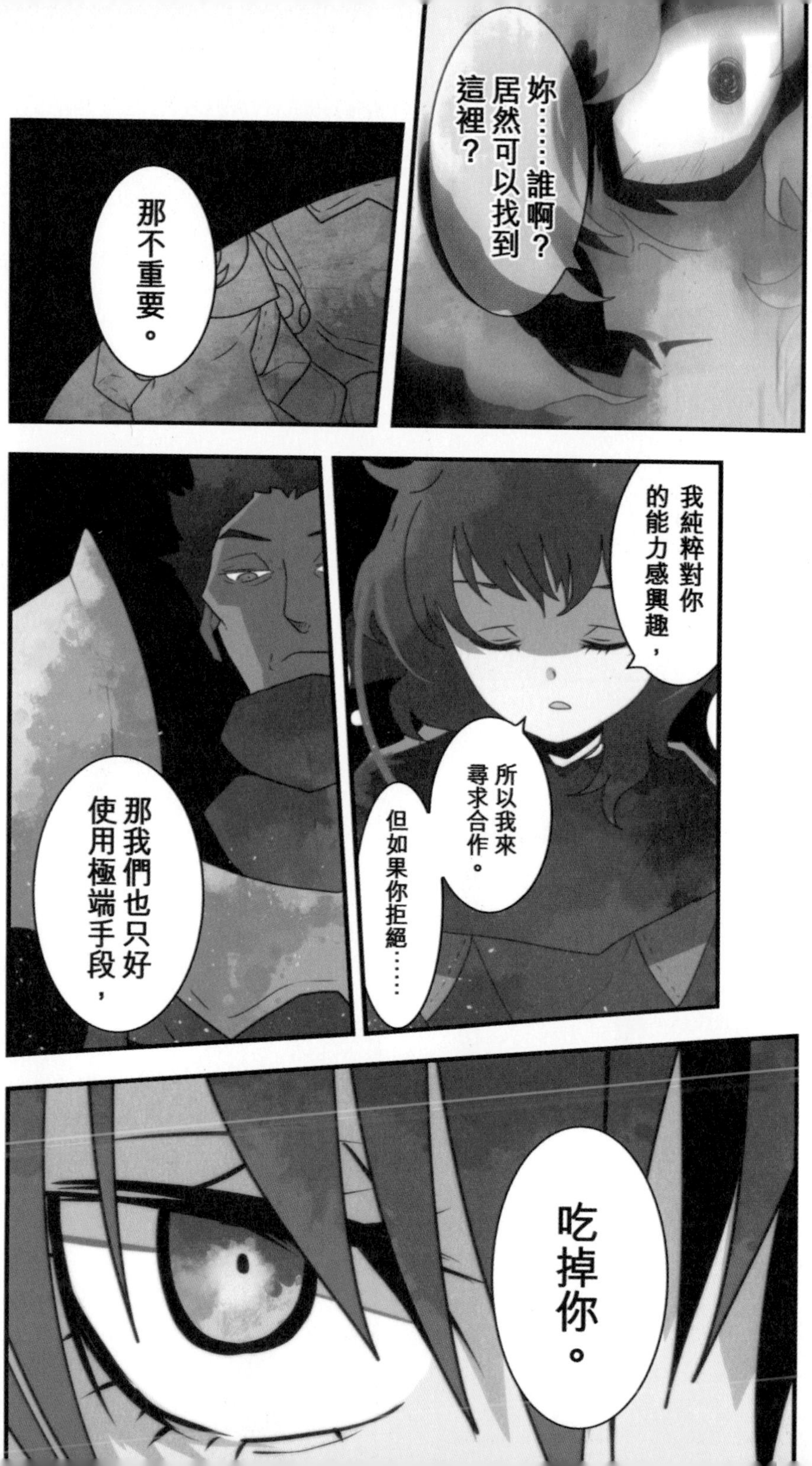
妳……誰啊？居然可以找到這裡？
那不重要。
我純粹對你的能力感興趣，
所以我來尋求合作。
但如果你拒絕……
那我們也只好使用極端手段，
吃掉你。

……妳說，
要吃掉我？
開什麼玩笑？臭小鬼……
說出你們的來歷跟目的。
起身
根據回答，我再決定如何凌遲你們……！

省省吧。你的技能要讓刀身斷裂才能發動。
?!
刀身尚未接合，這也意味著……
受傷的你，沒有多餘的魯納修復它。
短時間內只能使用一次，
是最致命的缺點。
臭小鬼，妳到底……
算了，自報姓名很麻煩，
還是親眼讓你看看比較快。

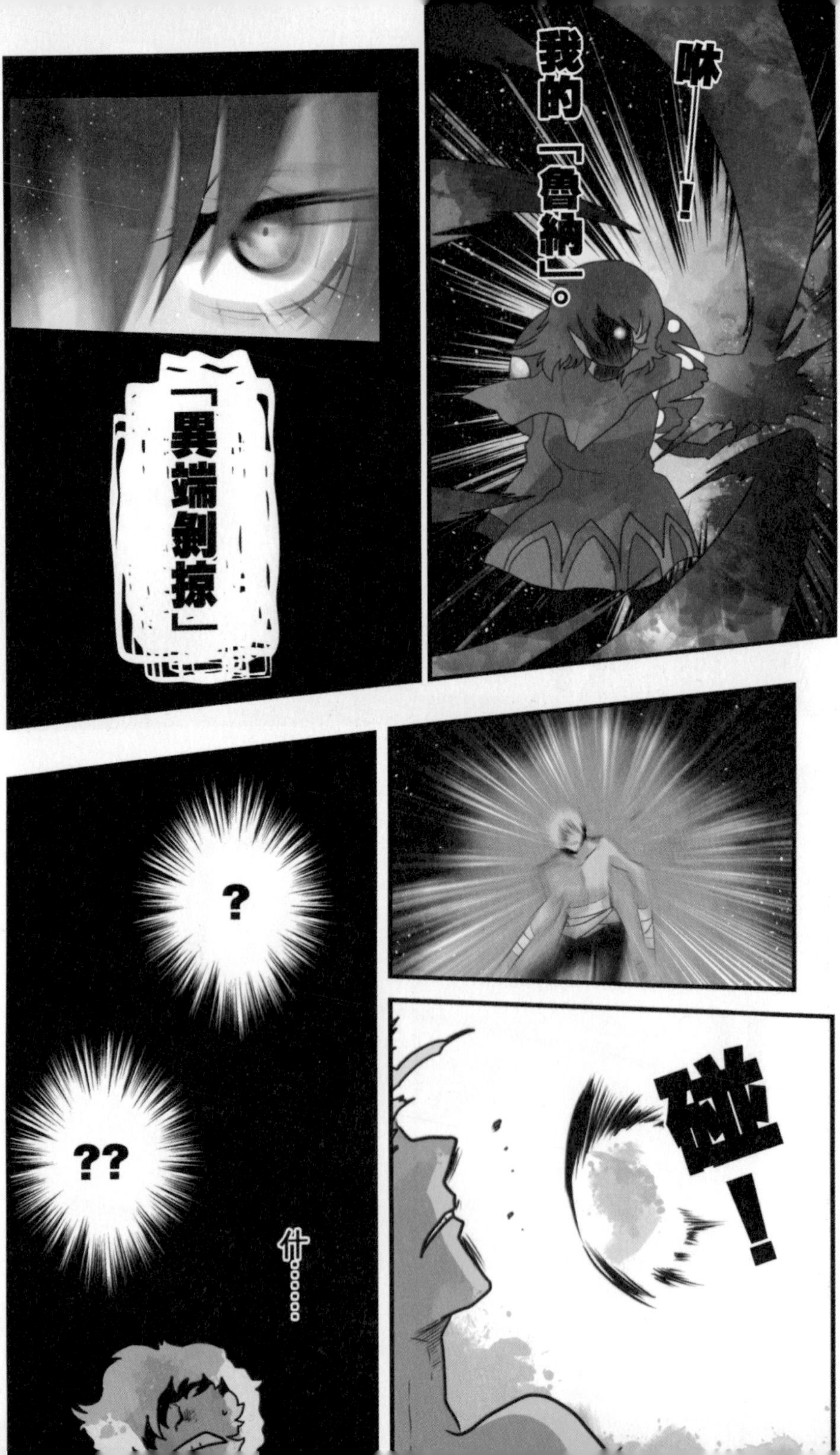
咻——！
我的「魯納」。
「異端剝掠」
碰！
?
??
什……

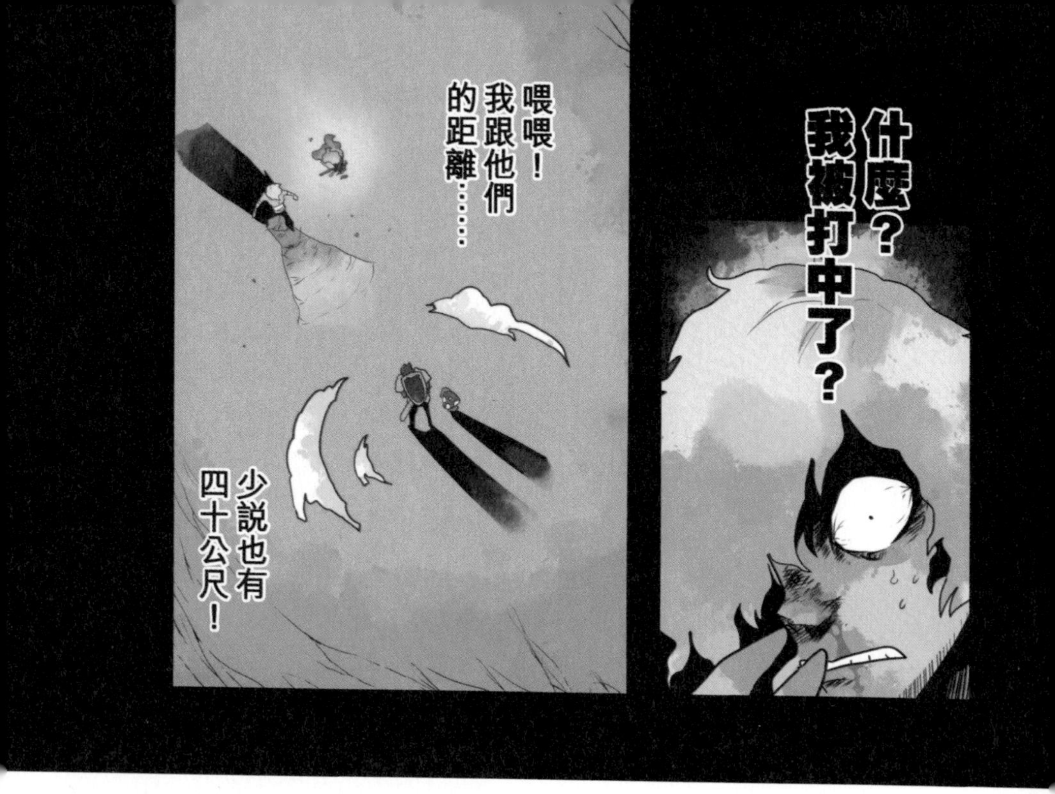
什麼？我被打中了？
喂喂！我跟他們的距離……
少說也有四十公尺！

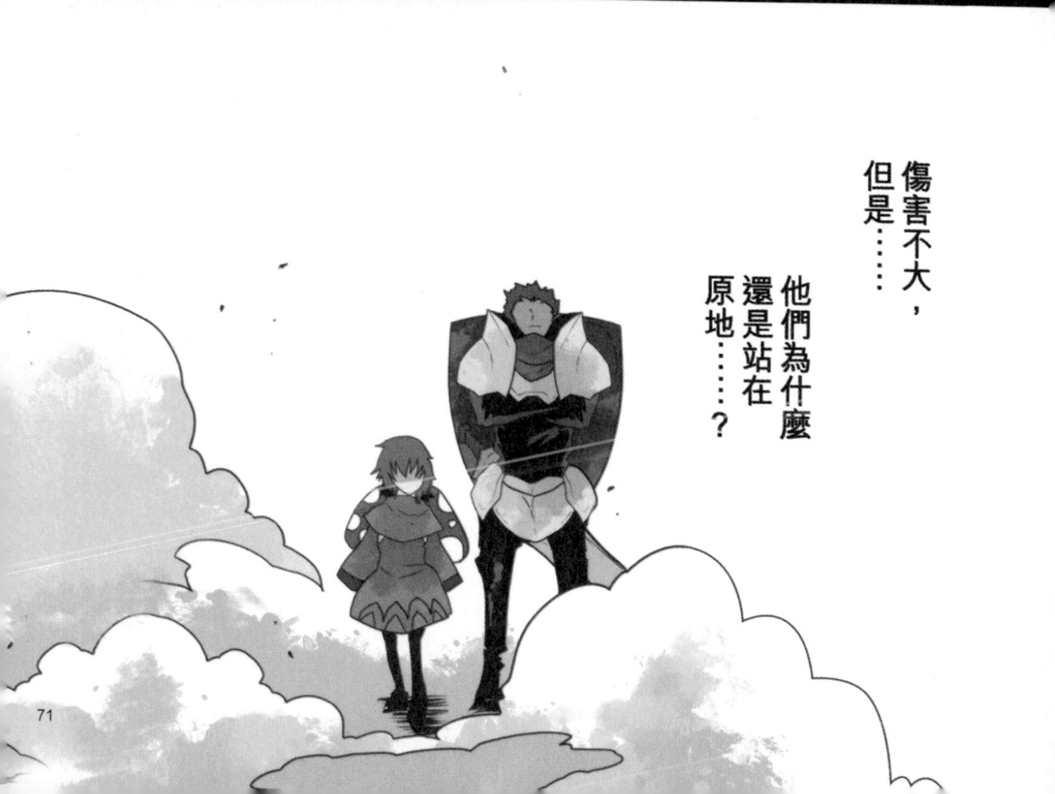
傷害不大，但是……
他們為什麼還是站在原地……？

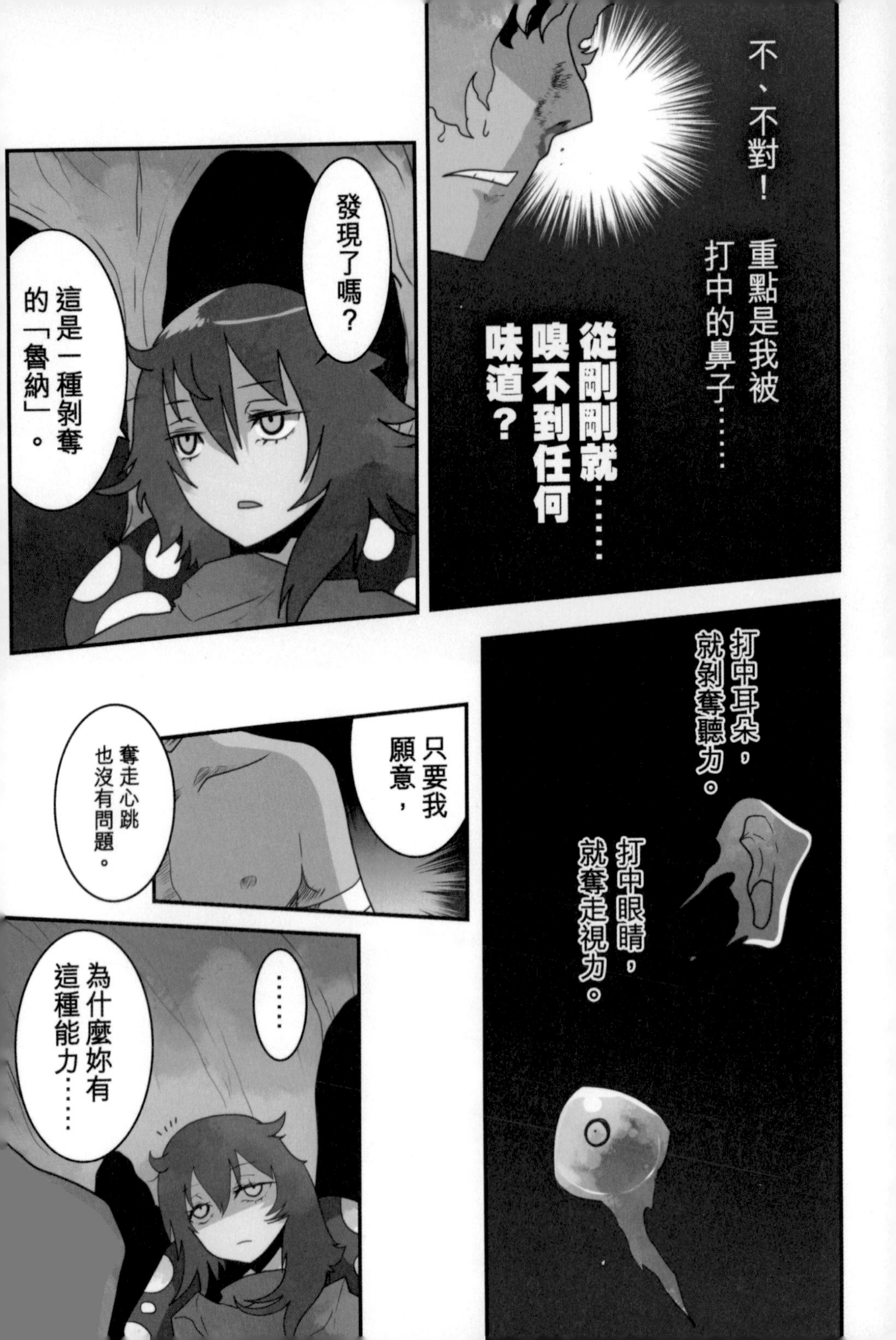
不、不對！
重點是我被打中的鼻子……
從剛剛就……嗅不到任何味道？
發現了嗎？
這是一種剝奪的「魯納」。
打中耳朵，就剝奪聽力。
打中眼睛，就奪走視力。
只要我願意，
奪走心跳也沒有問題。
……
為什麼妳有這種能力……

腦子燒壞嗎？當然是魯納……
我不是說這個！
這是我死去的兄長……
特有的技能啊！
正確答案♪
昨晚夜裡，我……吃掉他了呢♥

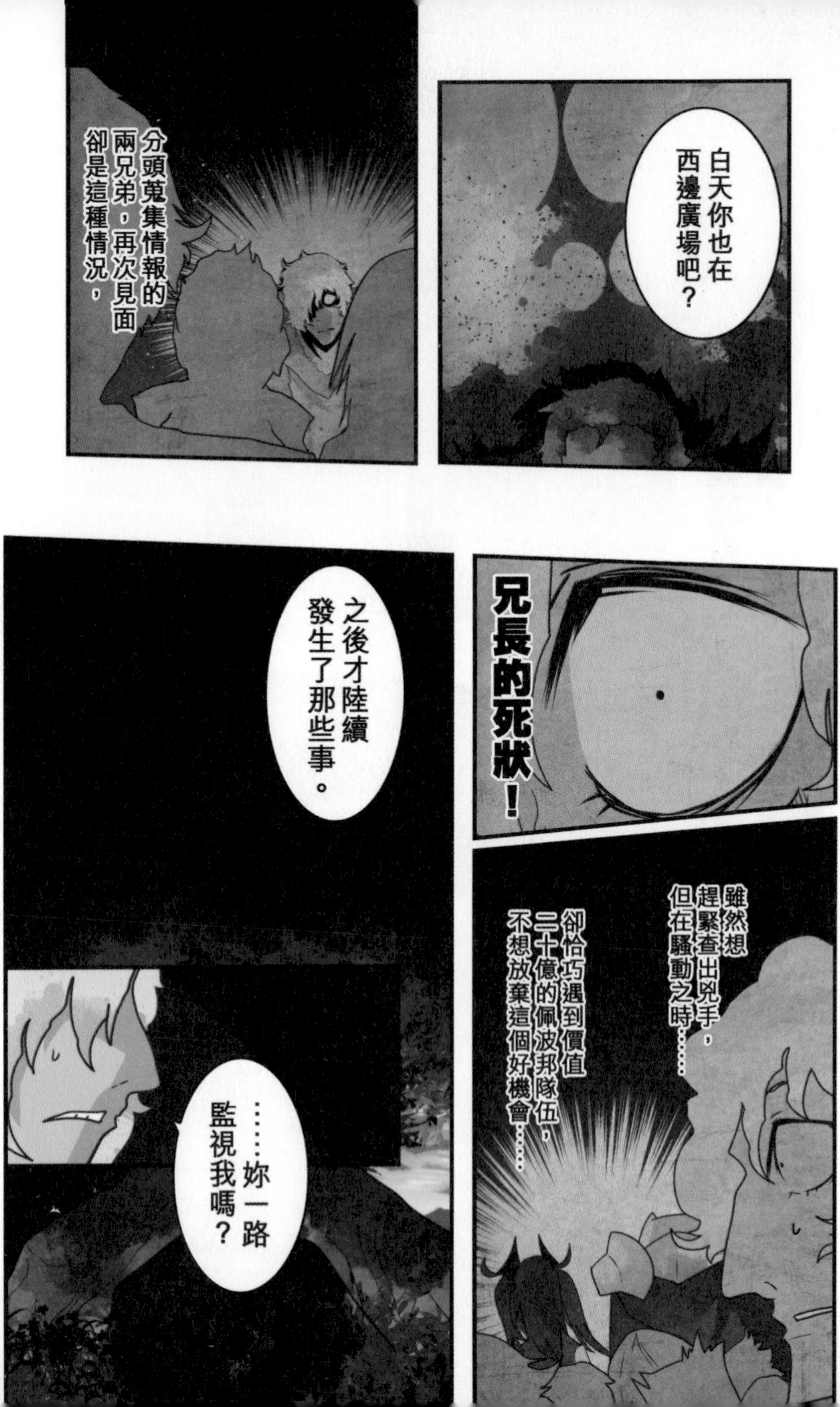
白天你也在西邊廣場吧？
分頭蒐集情報的兩兄弟，再次見面卻是這種情況，
兄長的死狀！
雖然想趕緊查出兇手，但在騷動之時……
卻恰巧遇到價值二十億的佩波邦隊伍，不想放棄這個好機會……
之後才陸續發生了那些事。
……妳一路監視我嗎？

能殺死兄長的傢伙……我想起來了！
聽說這屆勇者考試，
有對異常殘酷的兄妹正在到處擴大勢力！
騎士・骸！
魔法使・葦！
極其殘暴的危險人
！
……既然你都清楚，
那是否要加入我們呢？
瞬間逼近

又來了……完全看不清楚動作！
妳的實力的確比我還強……
但要我在殺死兄長的人面前屈膝，
那還不如痛快廝殺一番！
誰要加入你們啊？蠢——材！

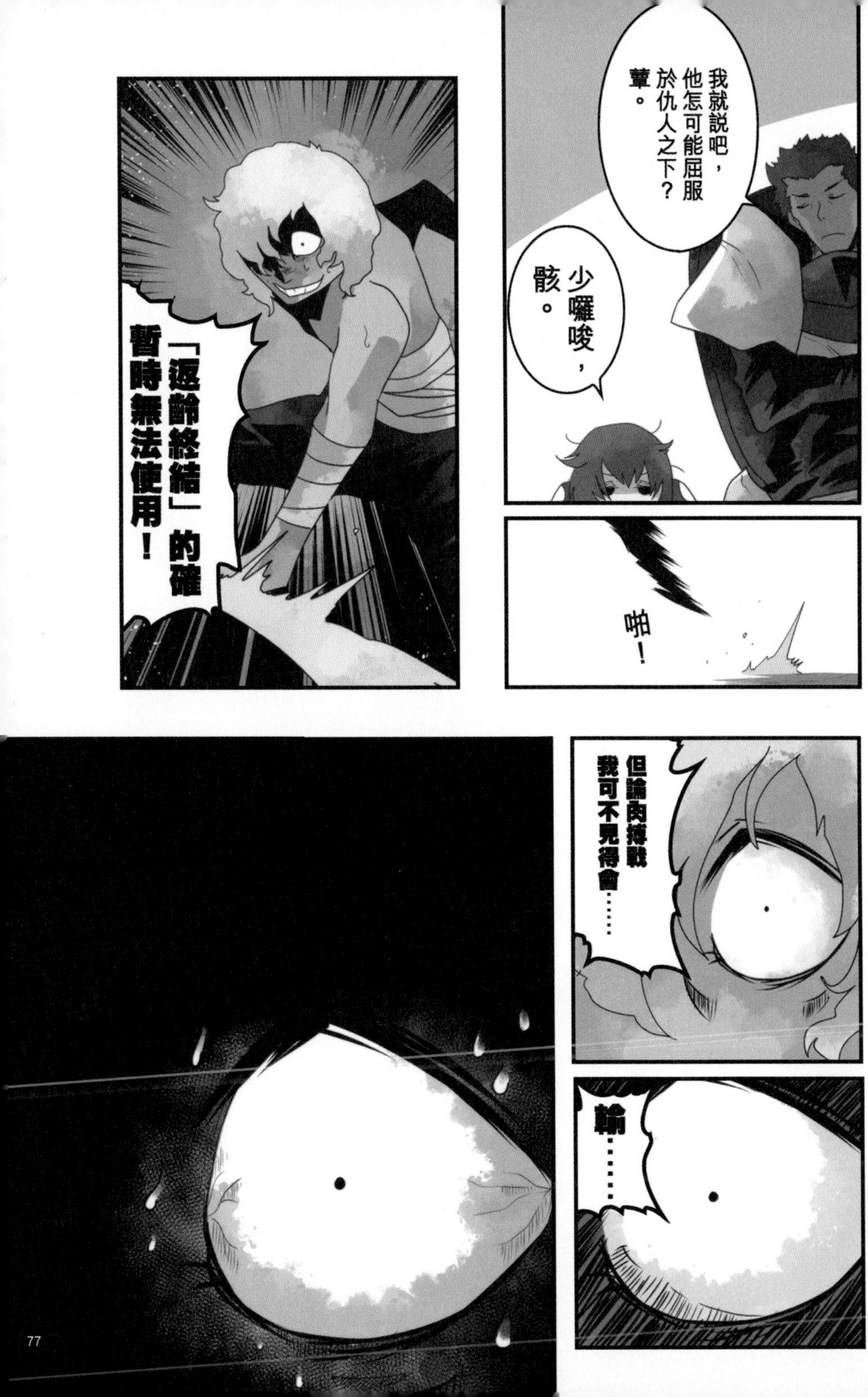
我就說吧，他怎可能屈服於仇人之下？輩。
少囉唆，骸。
啪！
「返齡終結」的確暫時無法使用！
但論肉搏戰我可不見得會……
輸……

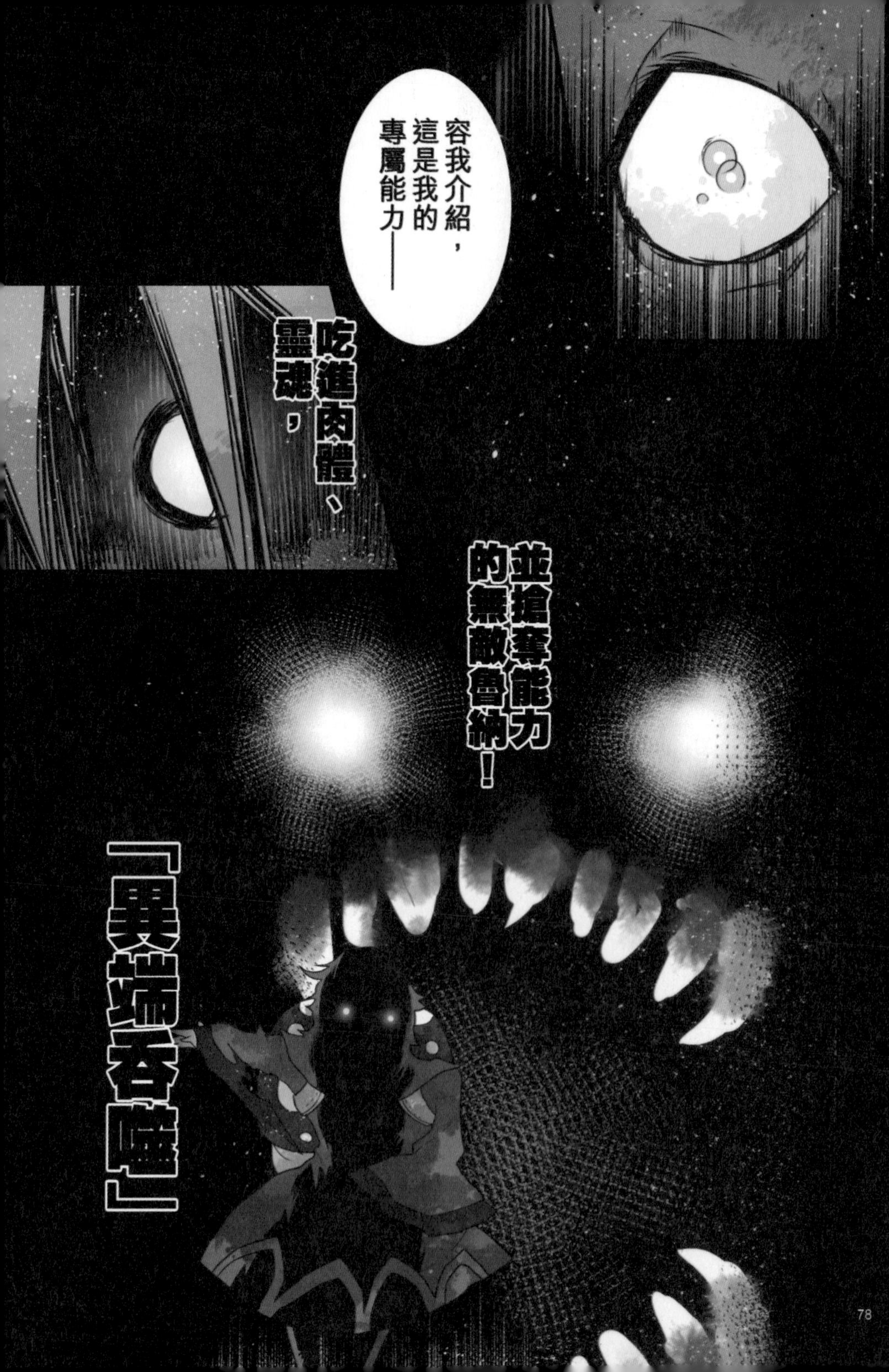
容我介紹，這是我的專屬能力——
吃進肉體、靈魂，
並搶奪能力的無敵魯納！
「異端吞噬」

再問一次，是否加入我們？
會死！這很不妙！真的會死！
但我要為兄長……報、報仇……！
快快快快說啊！說你寧死不屈……！
我、我願……
算了。
我膩了，你還是去死吧。

「勇者」只是手段，

我們將復興
距離天堂最近的地方——
「天空花園」。

負債魔王
DEVIL GAME

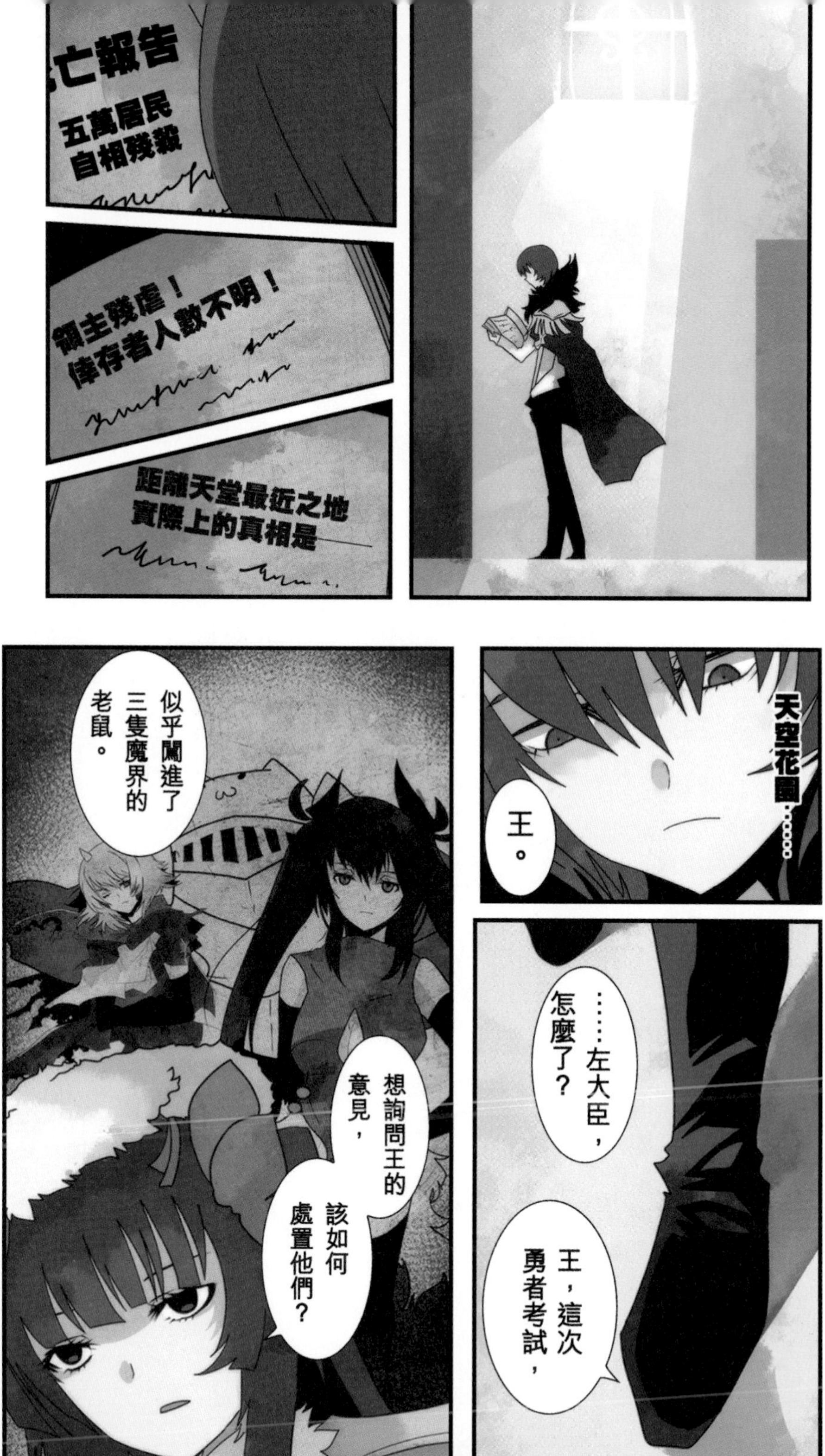
亡報告
五萬居民
自相殘殺
領主殘虐！
倖存者人數不明！
距離天堂最近之地
實際上的真相是
天空花園……
王。
……左大臣，怎麼了？
王，這次勇者考試，
似乎闖進了三隻魔界的老鼠。
想詢問王的意見，
該如何處置他們？

這個嘛……
現階段看起來沒有什麼危害，不管她們吧。
但是王……！難保她們會有什麼行動。
左大臣。
妳的觀察力衰退了呢。
啪
？
妳沒發現嗎？真要說的話……
這次的勇者考試——
其實混進了四位惡魔呢。

突然擋在前面，有什麼事嗎？
失禮了，容我先自我介紹，
我是被歸類在「獵物」的赫夫·洛洛。
在這次勇者考試中，也算是領先集團之一。
直接打開天窗説亮話吧！
赫露露，我希望能跟你們組成同盟！

我拒絕。
咦、啊？呃？為什麼？
你不會不清楚我們昨天才遭受到攻擊吧？
照常理判斷，
我們應該是你想優先殲滅的隊伍才對，
在找我們之前，你肯定也找了其他隊伍合作。
所以我們不會跟這樣危險的隊伍交涉。
妳說得沒錯，我的確想過跟其他隊伍合作……
掠奪你們的資金。

但、但是
妳聽我解釋！
這也是不得已的狀況！
妳們小隊一口氣少了兩名戰力！
任誰都會認為這是襲擊你們的好機會！
所以我才會……！
哦？
既然如此，現在就放馬過來，看看是誰先被殲滅？
唔……！
你的提議不但對我們沒有好處，
甚至還有些事隱瞞我們，
所以很遺憾，交涉失敗，快滾吧。
你們聽我說……
嘖！

昨天在廣場曝晒的屍體，
你們也看到了。
實際上，當時攻擊你們的傢伙，
他的屍體也在一個山洞中被發現了。
根據我們暗中調查，
確認是一對叫做葦、骸的兄妹幹的好事！
我曾經見過那對兄妹……
所以很清楚他們的可怕……
我跟現在勢力最大的隊伍尋求過合作，
但對方非常消極，認為他們不是威脅！
他們真的十分危險！
如果我們不合作除掉他們……！
湊近……

磅！
斬碎！
……！
劃開
流出
冷顫

背地裡説壞話，
可不是什麼紳士行為喔～赫夫·洛洛先生。
他們就是葦骸兄妹？
……沒錯。
本屆大會極其殘暴的二人組！
不只這樣，我認得他們。
圖特？
赫露露，妳還記得天空花園嗎？
我聽佩波邦提過，似乎是你的故鄉。

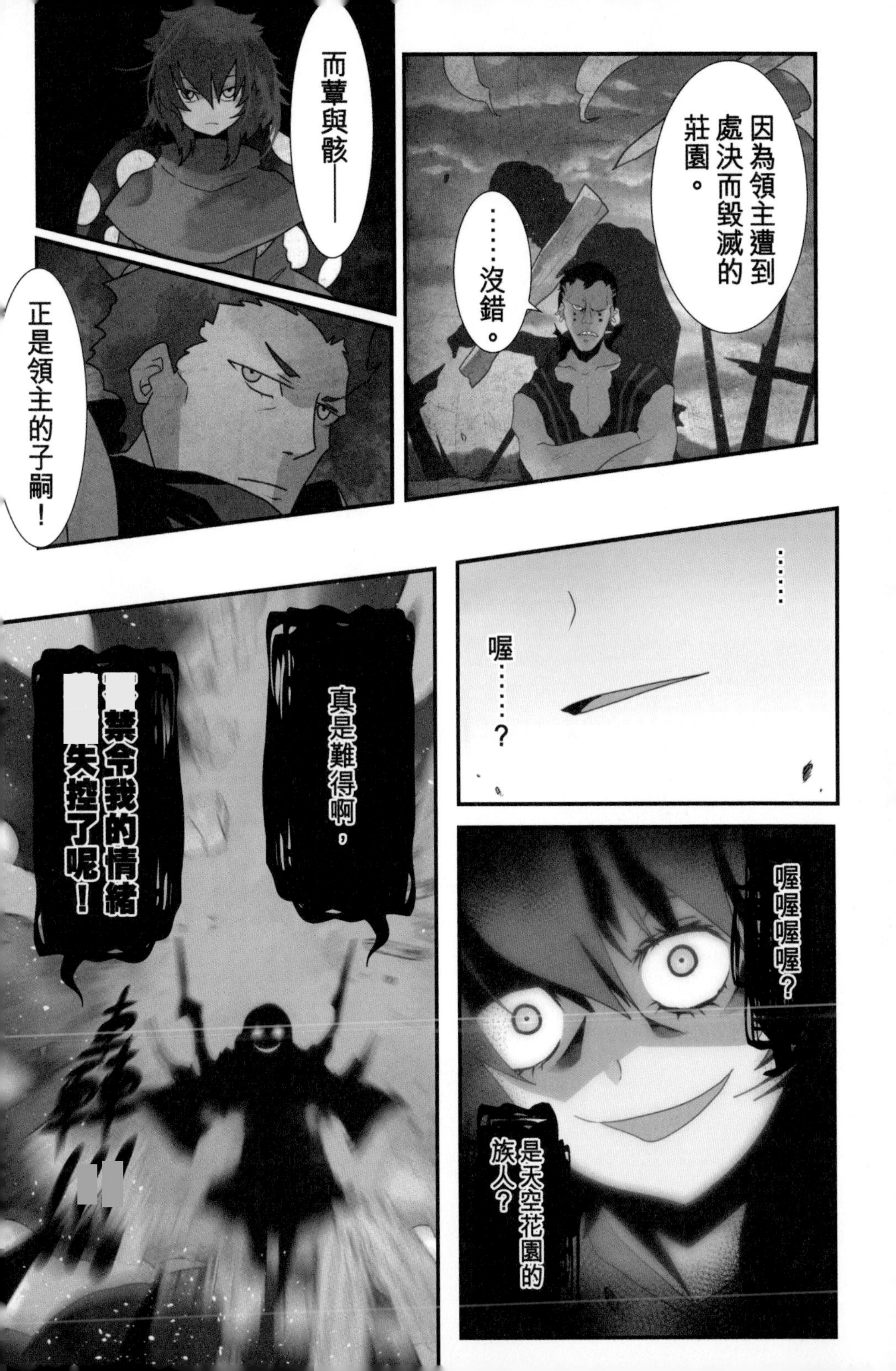
因為領主遭到處決而毀滅的莊園。
……沒錯。
而葦與骸——
正是領主的子嗣！
……
喔……？
喔喔喔喔？
是天空花園的族人？
真是難得啊，
禁令我的情緒
失控了呢！

?!
歌布琳！妳有察覺到嗎？
小聲
？
察覺什麼？
不行……歌布琳魔力弱化的太嚴重了。
否則她不可能沒發現……
這股令人熟悉的壓迫感。

惡魔的力量！
總算──
被我找到了。
剩下的七個王臣。

你們兩個，是人類嗎？
？
撞壞腦子了嗎？這是當然……
那妳身上的惡魔力量是怎麼一回事？
……喔？妳居然知道這是魔力？
普通人應該無法察覺才對啊？
莫非妳是專研惡魔學的學者？
廢話少說，區區人類為何會跟魔族扯上邊？
回答我！
我可以告訴妳……
反正待會你們統統得死在這裡。

葷・羅倫斯——
天空花園領主
的女兒。
從小在極度
偏差教育下
成長的孩子。
不僅如此，
莊園內外
也有極大的
貧富差距。
……

芙琳，園外那些骯髒的鎮民，
為何無法像我們一樣？
當然是因為小姐您比較尊貴啊。
小姐是勇者名門之後，
地位跟他們可不一樣。
就連我們這些侍女，也是從境外國家招募來的喔。
骸少爺也為了繼承莊園，努力學習著。
以後這個莊園，就是由擁有尊貴血統的你們管理了呢！
被灌輸了這種階級差別的觀念後，
讓葦跟骸的思維開始扭曲。
致力於跟其父親一樣，將人民階級化，
施以恐怖統治。

蕈、骸兄妹隨時準備接班，
羅倫斯家族的尊貴血統，將長久統治這個莊園。
直到……
領主遭到肅清，天空花園榮景急轉直下那天為止。
群情激憤！
騙子！
敲破窗戶
羅倫斯家族給我滾出來！
騙子！
等……
你、你們在做什麼？
那是屬於我們莊園的東西！
怎麼可以隨意搬走？

芙琳！
為什麼會這個樣子？妳不是說過……！
我將會是這群人渣的統治者嗎？
放手！臭小鬼！
甩倒！
我忍受妳這傢伙夠久了！
妳以為自己還是那位嬌滴滴的任性公主嗎？
想統治我們？
狂踩
芙……芙琳？

白痴！羅倫斯家族早已失去權力了！
狂踩
去死！
去死！
人渣！
當然是因為大小姐比較尊貴啊。
哥……
大小姐是勇者名門之後，
哥、哥哥……
地位跟他們可不一樣喔！
我跟你們不一樣……
不一樣！
呵……呵呵呵呵……
好扭曲的自戀心啊……

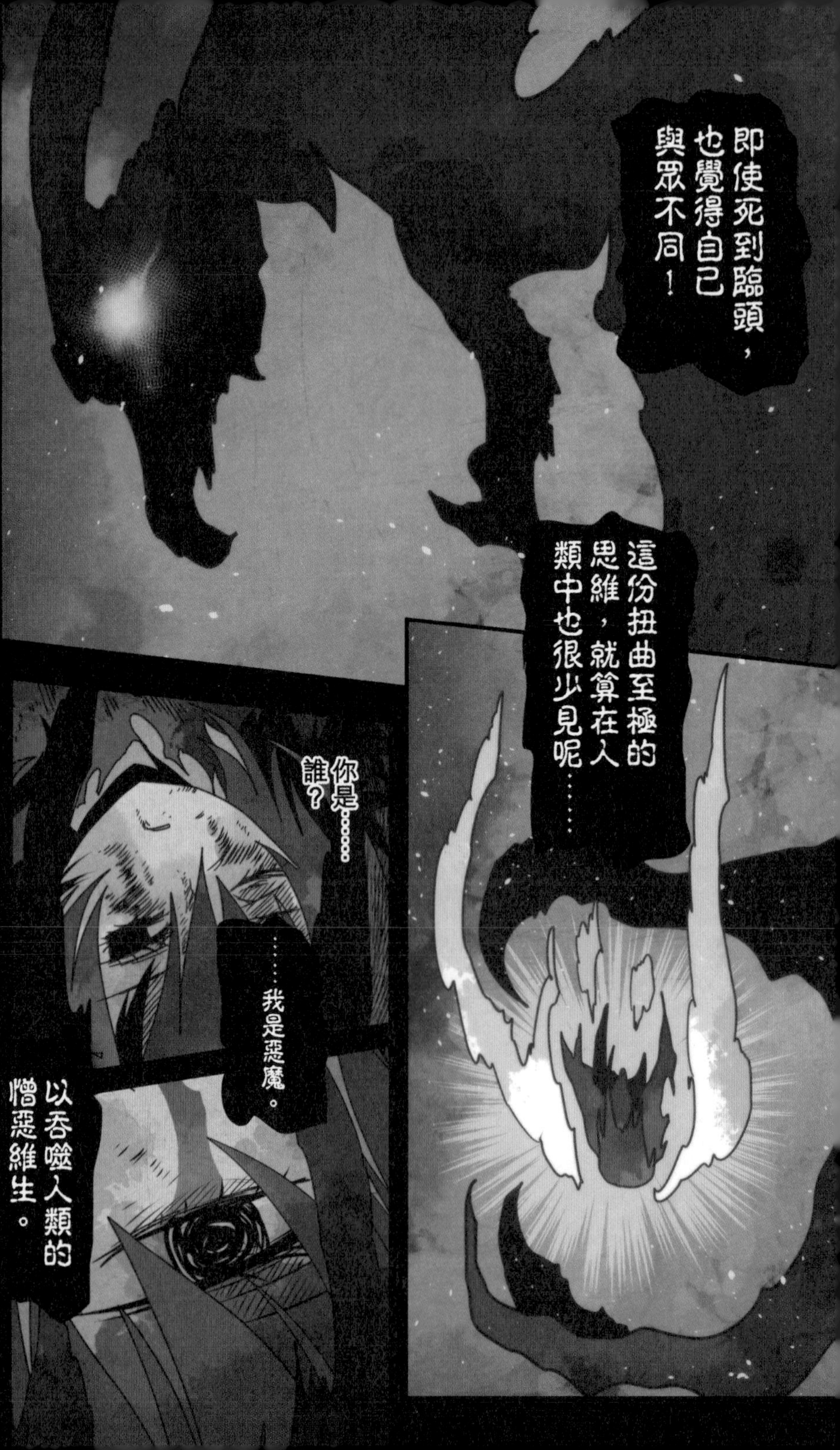
即使死到臨頭，也覺得自己與眾不同！
這份扭曲至極的思維，就算在人類中也很少見呢……
你是……誰？
……我是惡魔。
以吞噬人類的憎惡維生。

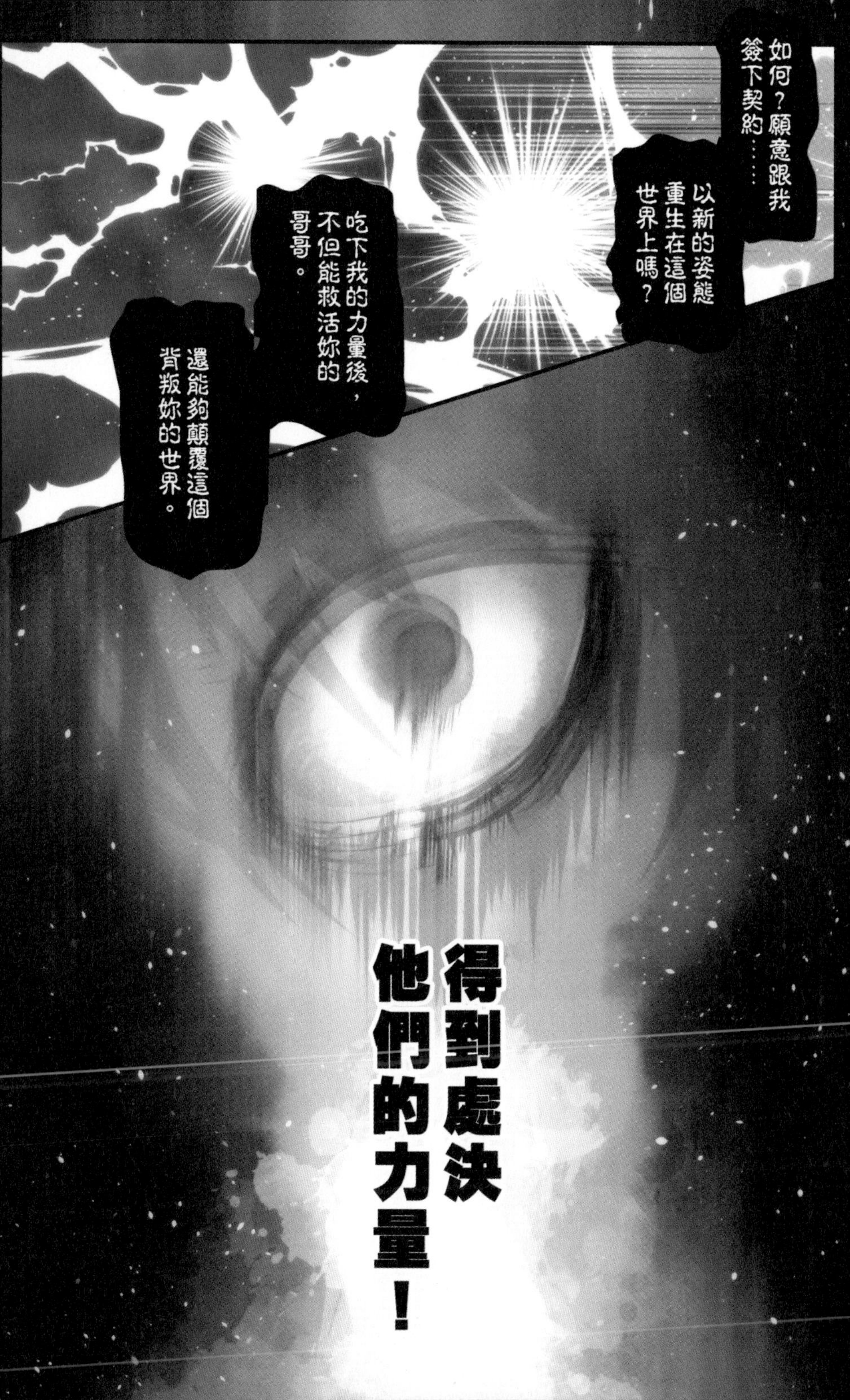
如何？願意跟我簽下契約……
以新的姿態重生在這個世界上嗎？
吃下我的力量後，不但能救活妳的哥哥。
還能夠顛覆這個背叛妳的世界。
得到處決他們的力量！

……雖然這份惡魔契約，讓我停止成長，生命也縮短了。
但已經足以把背叛我的傢伙……
呢！
哈哈哈哈哈哈！
聽她的描述，是王臣沒錯。
但是……
那還真是遺憾，雖說我對妳的過去沒什麼興趣……

然而這股力量，卻是勢必得消滅的！
變回普通人後……
再回去自怨自艾吧！
轟轟轟轟——！
!!?
……共鳴？
哈哈哈哈……
真有趣呢，不知道妳那份力量從何而來。
但我體內的惡魔似乎很感興趣……
我一定要吃掉妳！
成為我的力量！

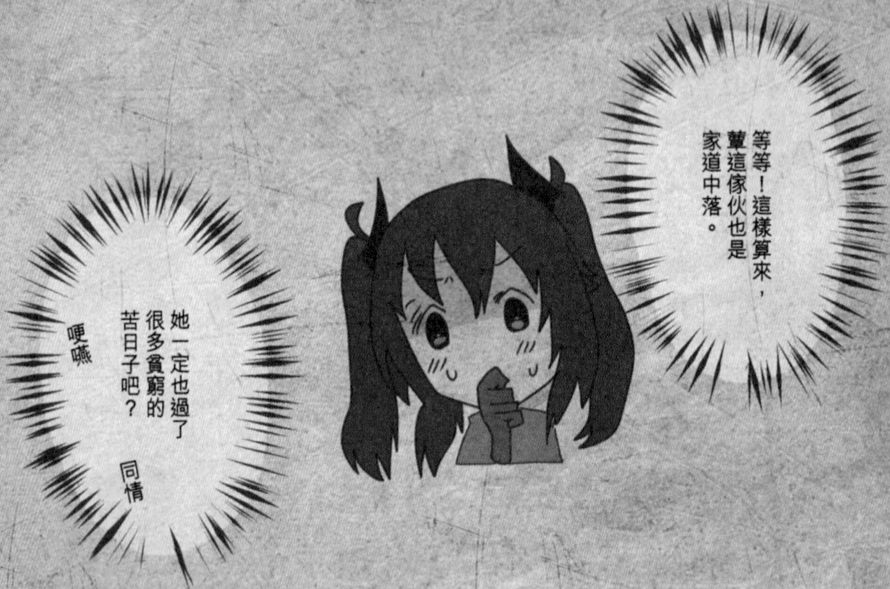
等等！這樣算來，葦這傢伙也是家道中落。
她一定也過了很多貧窮的苦日子吧？
同情
哽嚥

對葦起了同病相憐之心。

沙沙沙──
葦。
我知道。
這傢伙跟以往的對手不太一樣。
你那樣子的身體，就別上場了。
我一個人來吧。
我會把敵人統統吞噬掉！
第5話 背叛
Betray

哼——
橫衝直撞像個野獸，
難道就不能優雅一點嗎？

雕蟲小技……
轟轟轟………
吞噬！
統統還給妳吧！
釋放！

原來如此，右手吞噬敵人，
嘶──
左手則是將其釋放出來。
這是我賜給王臣「空腹」的力量……
無庸置疑。

……好、好厲害……
居然能跟那個怪物勢均力敵……
啐！
……這傢伙比我想像得還要厲害，
我記得我吞噬過的某份力量，
可以將力量做穿透攻擊。
黑闇之鏡
要選在她攻擊出現破綻的時候！
就是現在！
釋放！

!?
異端！將擋在面前的敵人！
吞噬掉吧！

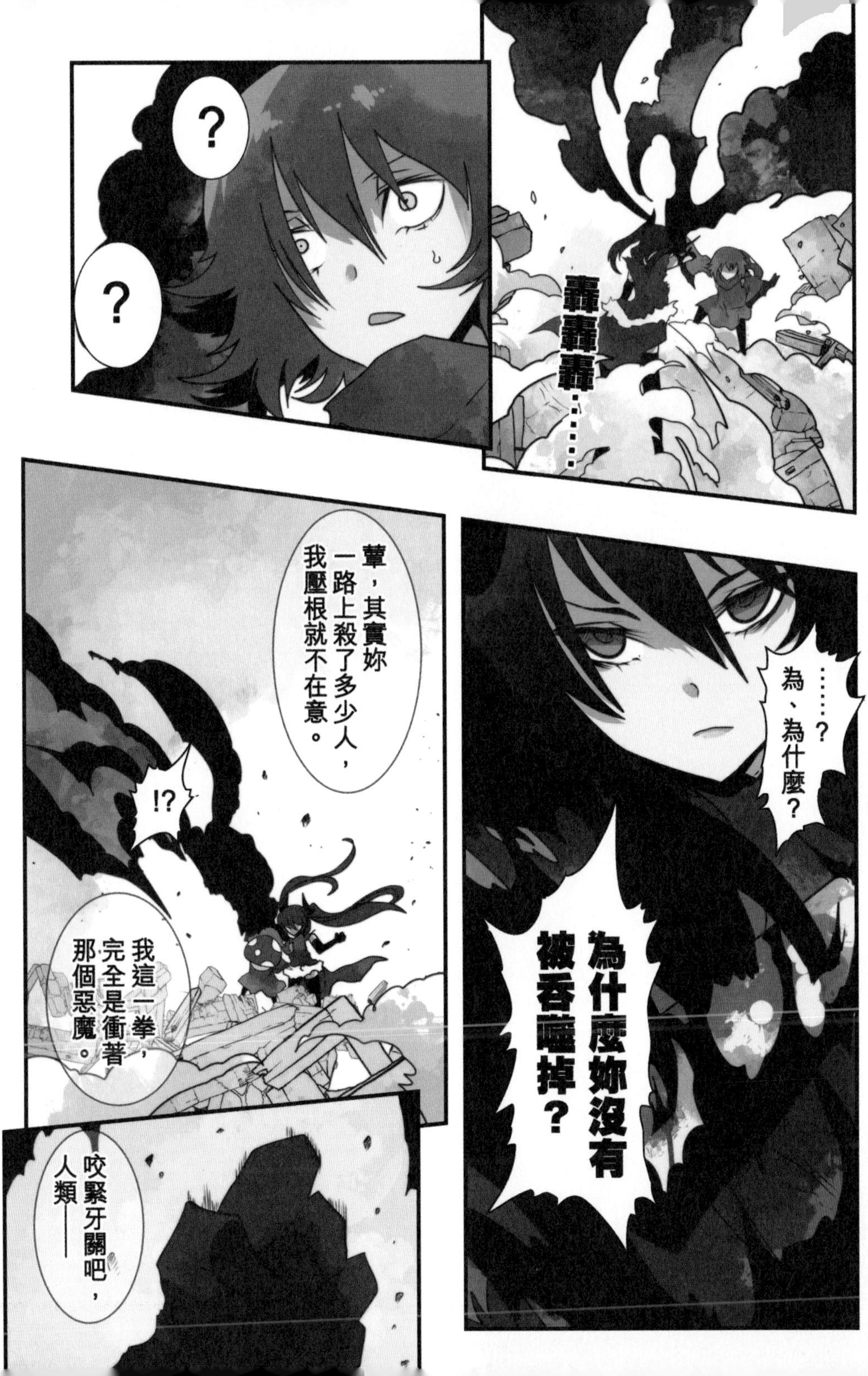
轟轟轟……
？
？
……？為、為什麼？
為什麼妳沒有被吞噬掉？
葦，其實妳一路上殺了多少人，我壓根就不在意。
!?
我這一拳，完全是衝著那個惡魔。
咬緊牙關吧，人類——

不行……！
無法動彈！
會被……
正面擊中！
太不可思議了……
那個怪物…居然
被打趴在地上！
喀啦！
轟！

正面接下那一拳居然沒昏過去……
一般人早就死了吧……？
……
你說的沒錯，現在看起來是赫露露占了上風。
唉，真麻煩。
戰況岌岌可危。
看來我不出手協助一下……
黑闇之鏡

?
?
將很難照著計畫走啊！
哐！
!?
……咦？
刺穿

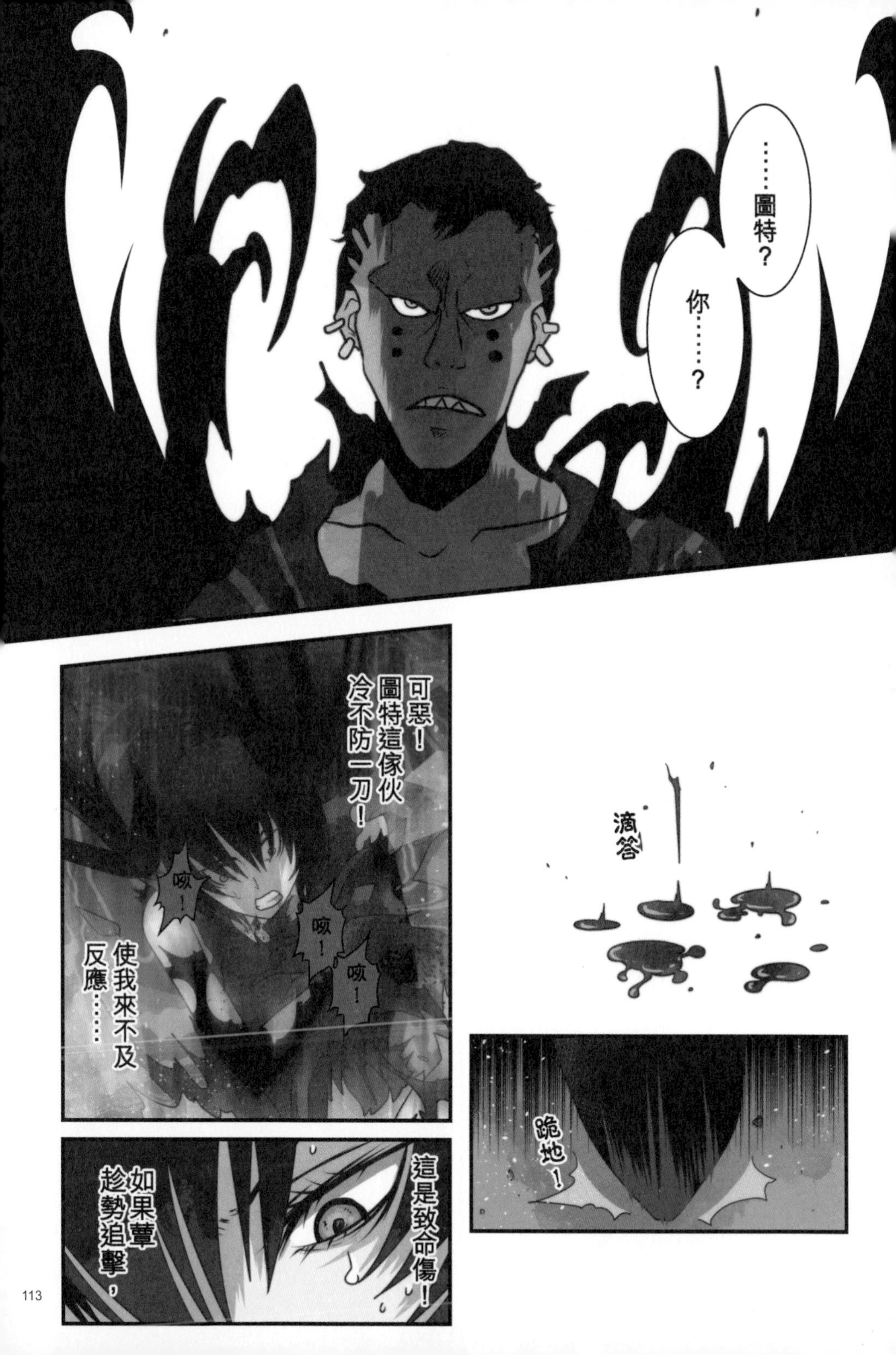
……圖特？
你……？
滴答
可惡！圖特這傢伙冷不防一刀！
咳！
咳！
咳！
使我來不及反應……
跪地！
這是致命傷！
如果葷趁勢追擊，

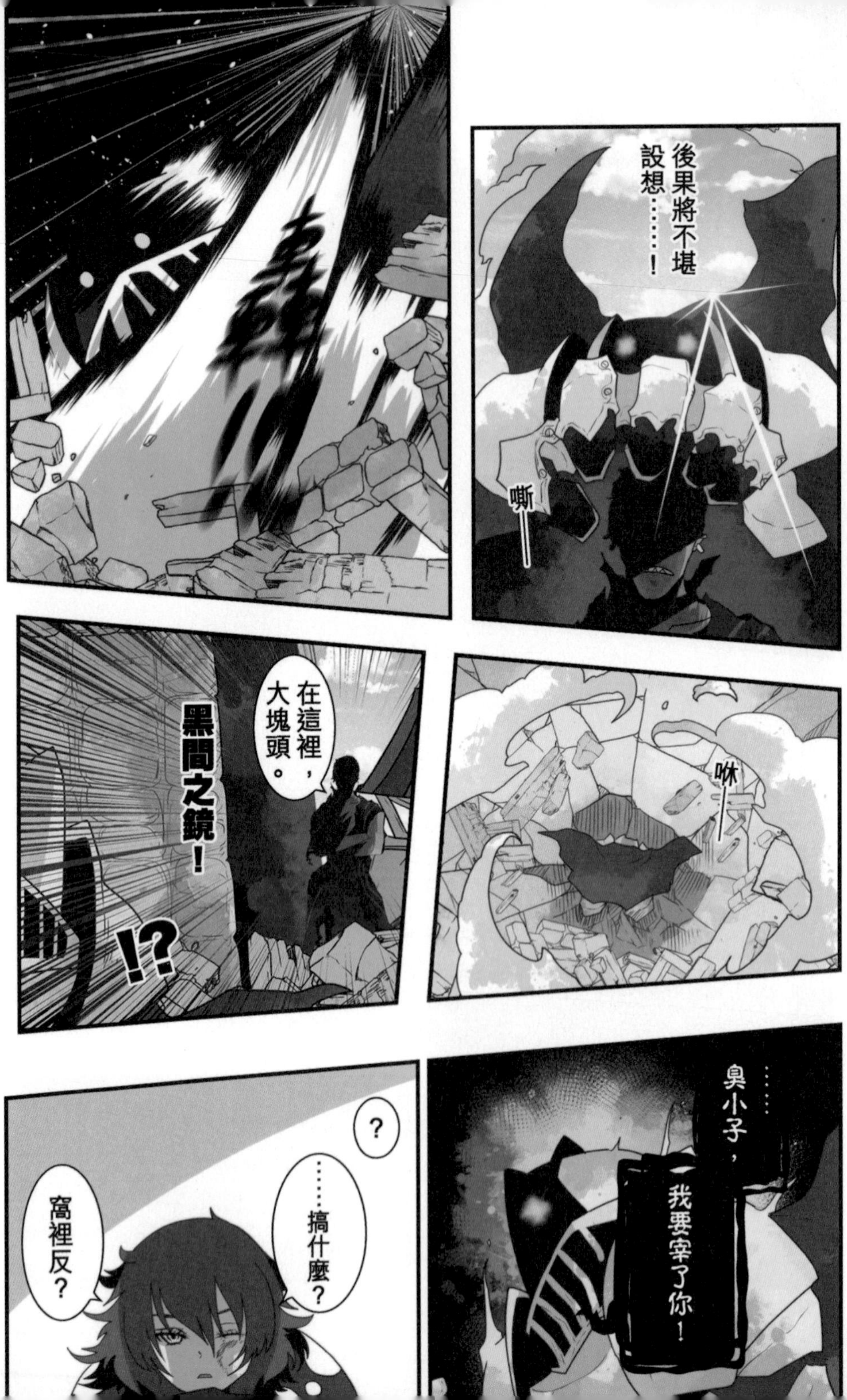
後果將不堪設想……！
嘶—
咻—
在這裡，大塊頭。
黑闇之鏡！
!?
……臭小子，我要宰了你！
？
……搞什麼？
窩裡反？

咯！
咯！
腳步聲
哈哈哈……抱歉啊，葦。
不是故意瞞著妳，
純粹只是按照計畫走罷了。
圖特這傢伙……
是我們小隊裡頭的第六入啊。
【葦骸隊伍】
計畫詳情等回到根據地再跟妳說明，
所以這邊就暫且收手，好嗎？
收手？
!?
那個女人在我臉上留下傷痕，
我才不會善罷甘休呢！
劈滋
劈滋

葦！快住手！
我們都是要爭取勇者席次的人吧？
如果在這裡兩敗俱傷，
只會被大海賊巴恩隊伍占到便宜而已！
哈哈哈哈！
我還以為你這公子哥兒要說什麼呢？
拿去。
!?
咚！
咚！
?
?
滾動
看看這是誰？

……
巴恩……！
如果再加上從你們那邊搶到的二十億，
抱歉啊，他弱到三兩下就解決了。
他所擁有的金錢也全部被我們接收。
我們就已經是四十億，即將合格的隊伍了！
……你們這些混帳，
我人不在時，挺勤勞的嘛。
唉，誰叫我們的隊長，是個喜歡到處找人打架的傢伙。
少囉唆，笨蛋。
看著吧，很快就結束了。
——轟轟轟！
我要殺光這幫雜碎。

……不行，傷勢太重了，
就算拚命注入魔力，也暫時無法戰鬥。
葦，
扶肩
妳真的很厲害，簡直是「怪物」。
連佩波邦隊伍都無法撼動你們，簡直始料未及。
!?
但是聽好了，「怪物」——
不要太小看「人類」。
總有一天，我們會讓妳後悔莫及。
!?
——轟轟轟！

魯納——
「玉繭指引燈」
……
啐。
海鷗島鎮南方——廢棄神殿。
轟轟轟——
咻轟！

到了，這裡是我們洛洛隊伍，
暫時的根據地。
麻煩佩波邦，先幫赫露露止血，
這種小事妳做得到嗎？
不要小看我！
距離廣場約有五十公里，應該不用擔心追兵。
咳！
洛洛，為什麼要把我們也一起帶過來？
咳！
咳！
我們沒有資金，也沒有同盟的理由……
在那之前……
先跟妳介紹一下，洛洛隊伍的同伴們。
這位是普爾魯。
曼夫。

只有兩位？其他人呢？
……
死了。
前幾天遇上了葦骸兄妹的掠奪。
不幸戰死了。
……赫露露，
時至今日，勇者考試已成為考驗生存能力的戰場。
很遺憾，我的領導能力不夠。
無法抵抗葦骸隊伍那種怪物般的力量。
所以我想拜託妳……

跟我們結盟，一起打倒那對怪物兄妹吧。
不要亂動！
我不想……
再看到同伴們一個個……
從我身邊倒下去。
請妳跟我們……
並肩作戰吧。
哼。
……你這傢伙，跟惡魔訂下了不得了的契約啊。
……咦？

聽好了，圖特偷走的那二十億元，是假的。
!?
我們還不到窮途末路。
點著反擊的狼煙吧。

負債魔王

DEVIL GAME

妳說……
那二十億是假的？
但我明明看到圖特捧著一袋……
我們在分配金額時，就討論過調包的問題。
隊友也知道這件事。
所以這些錢，並沒有落入他們的口袋。
……
第6話 不要鬼鬼祟祟的
Track
不知道的人。
真是的，
害我還擔心這二十億的洞要如何填補。

……洛洛。
普爾魯？怎麼了？
此時說這個……對你，我真的很抱歉。
我跟曼夫都決定好……
要退出這次的作戰計畫了。
!?
為什麼？
我們不是說好要一起通過測驗！
是人數問題嗎？只要打敗蕈骸兄妹！
我們隨時都能替補兩個人進來啊！
不是的。

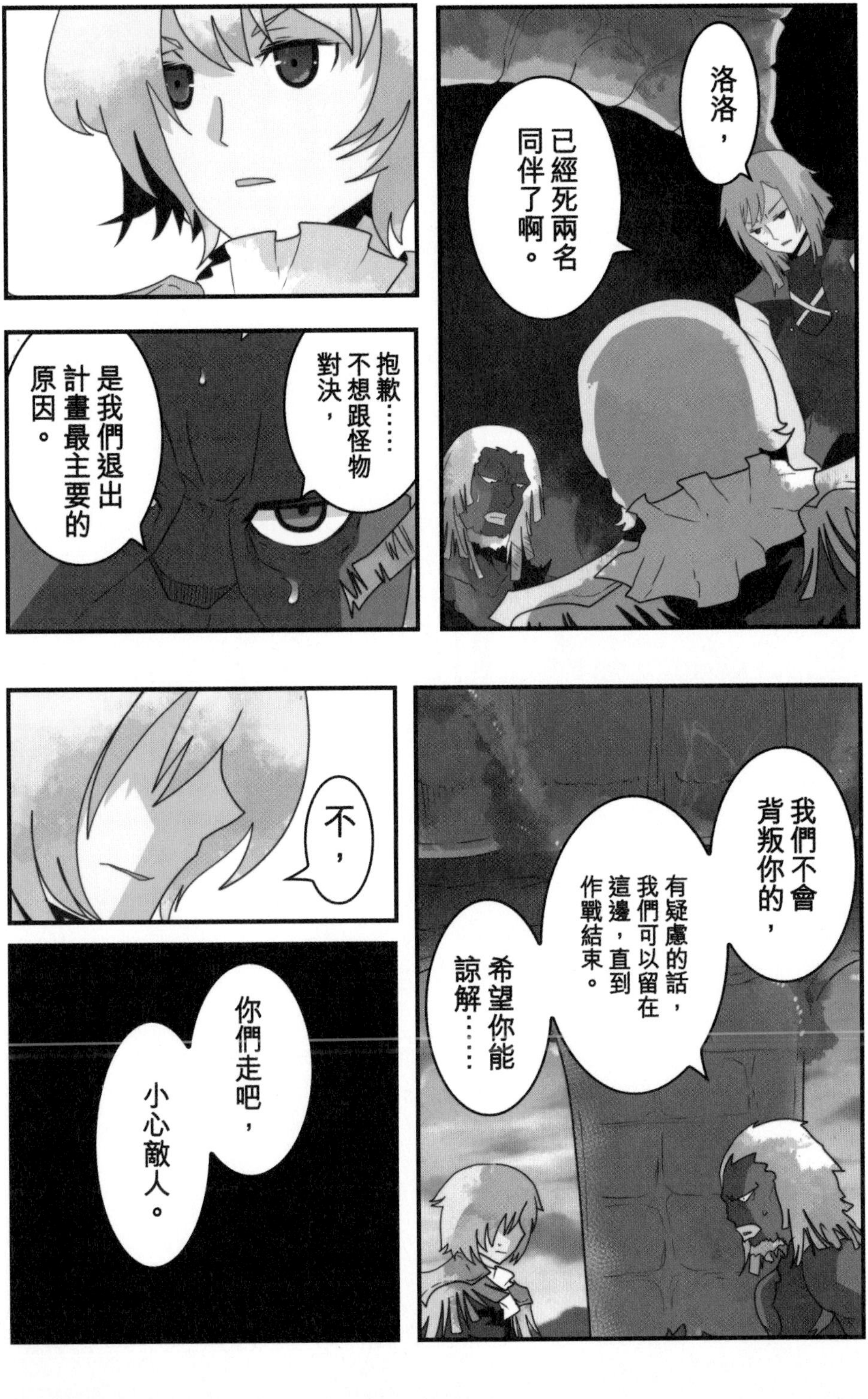
洛洛，
已經死兩名同伴了啊。
抱歉……不想跟怪物對決，
是我們退出計畫最主要的原因。
我們不會背叛你的，
有疑慮的話，我們可以留在這邊，直到作戰結束。
希望你能諒解……
不，
你們走吧，
小心敵人。

……你也是。
洛洛，沒有時間讓你沮喪了喔。
……我知道，抱歉。
接下來，
我要跟大家說明作戰計畫。
「玉繭指引燈」，
這是我的魯納能力。
可以將人與物傳送到指定目的地。
這座郊外廢棄神殿，就是我指定的根據地。
可以傳送到特定目標身邊嗎？
知道那人的所在位置就行。

而且根據力量消耗的多寡，
我可以將能力暫時「借貸」給你們。
原來如此。
嗯？
啊……他說出自身能力，我們也得做出回應，
這是人類世界的禮貌嗎？
但是惡魔並不使用魯納……隨便選一個好了。
之後與葦正面交鋒時，
就會用到我的能力。

審判「精靈」——貝德。
能在勝負決定時，給予絕對制裁的能力。
可以感受到很強的力量……
如此一來，應該有勝算。
聽好，我們現在有二十幾億，
離合格還有很遙遠的距離。
所以我們除了勢必要跟薑骸兄妹對決，
也要掠奪其他人。
佩波邦。
卡布琳。
盔甲。
你們三個人以「窺視」找出財力雄厚的獵人位置。

佩波邦再召喚傳聲精靈回報。
一旦確定目標，
我跟赫露露就傳送過去，
攻擊！
目標是三十億。
一旦達到這數字，馬上收手。
為什麼？
游擊戰很容易被發現，
我們必須儘早完成。

妳這傢伙再說一次……
嗯——是葦骸隊伍沒錯吧？
第一支抵達這裡的隊伍喔，真是了不起！
但很遺憾，
我們審查結果是「不合格」！
!?
請在時限之內，達成條件再來吧。
妳說什麼？為什麼湊齊五十億的我們無法合格？

……妳說為什麼？
除了小隊有六人不符規定外，最根本的問題還是在於——
其中的二十億是假貨幣喔。
!?
妳在鬼扯什麼？這錢明明……！
不論您怎麼說，假幣就是假幣，
不合格就是不合格。
妳攻擊大會工作人員，
將成為王國通緝犯喔。
那又如何？
冷靜點，葦。

快住手！
葦！
真是的，葦這傢伙。
嘩嘩——
嘩嘩——
還好只是把桌椅砸爛，
不然我們全部都要被淘汰了。
圖特現在也被監視中，
唉……我們的立場越來越難為了。
對吧，涅普？
……
可惡，
為什麼我是跟你這悶騷的傢伙同一組。
碎唸
……
指

喂喂，那兩個傢伙，
我記得是洛洛身邊的跟班？
啊哈哈哈……看來這二十億可以要回來呢！
走吧，涅普。
嚴刑拷打的狩獵時間到了。

沙沙——
沙沙——
……出來吧，
不要鬼鬼祟祟的。
小孩子？

!?
金錢偵查？
這傢伙是敵人！
25,000,000
拔刀
summon！
玉繭指引燈
埋伏？
無所謂！
雜魚來的再多還是……
計畫大成功☆

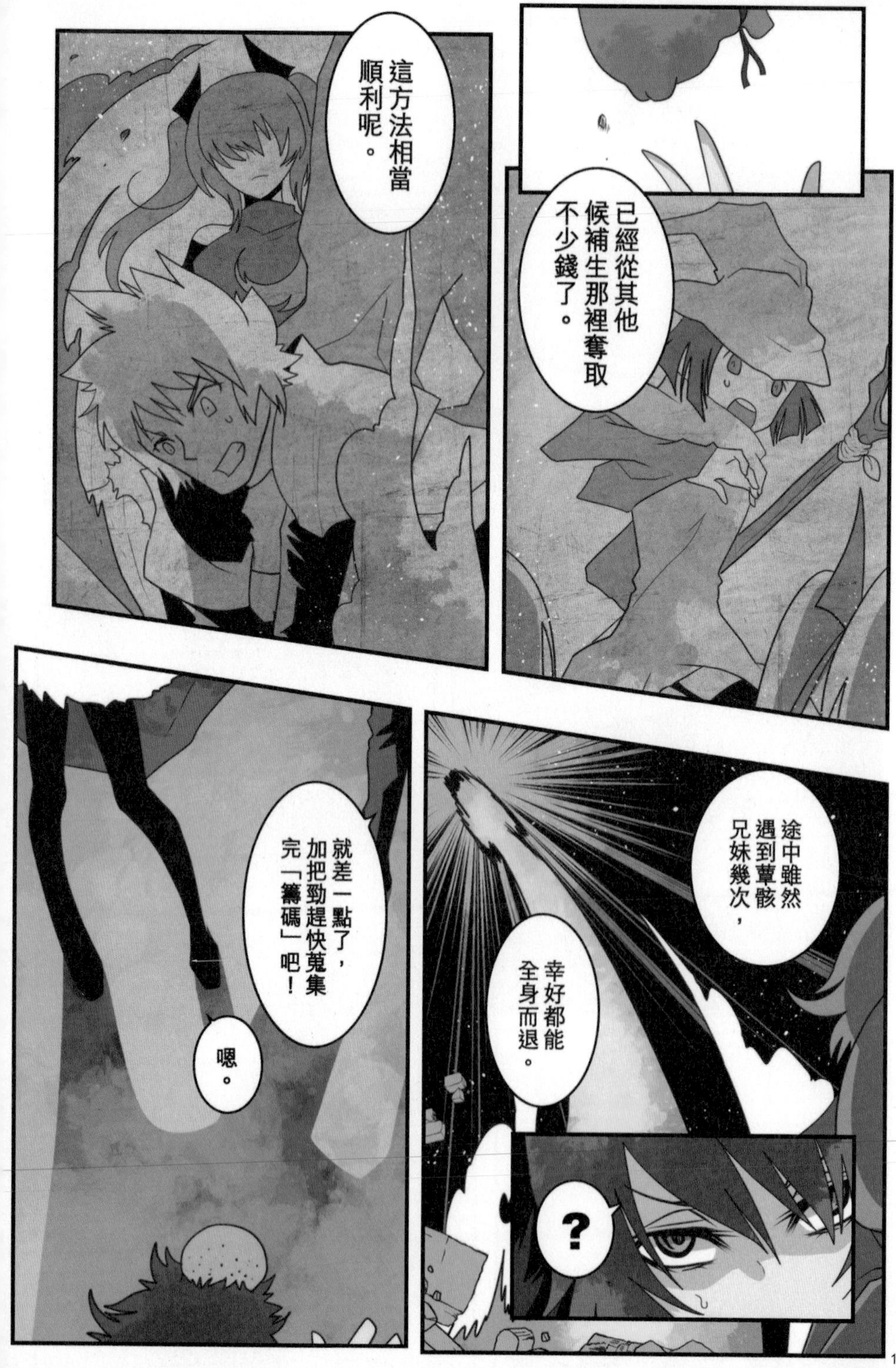
已經從其他候補生那裡奪取不少錢了。
這方法相當順利呢。
途中雖然遇到蕈骸兄妹幾次，
幸好都能全身而退。
？
就差一點了，加把勁趕快蒐集完「籌碼」吧！
嗯。

……咳！
嗚……
原來洛洛他們打算進行游擊戰啊？
藏身地這麼遠，難怪找不到。
看吧！早點說出來不是很好嗎？
不要非得同伴死在面前才要說出口。

嗚……
那……
那可以……
放我走了嗎？
那當然，
說好的嘛！
怎麼可能啊？
呆——子。
碰！

好……
計畫相當順利。
「籌碼」總算湊齊了。
是啊，這邊的金額按照計畫，
可以讓赫露露妳跟葷骸兄妹，進行一次「惡魔遊戲」，
一定要成功跟他們做交易。
在說什麼呢？

不論你們擁有多少金錢，
只要全搶過來就好了吧？
!?
華！
為什麼妳會在這裡？
糟、糟了！沒有這裡之外的第二個召喚點！
看來，你的同伴背叛了呢。
你們這些鼠輩好大膽子，
居然敢調包假幣騙我？

不會再讓你們逃掉的。
就在這裡分出勝負吧。
轟轟轟

身為臣子居然敢以下剋上？
雖然計畫提前，但就讓妳瞧瞧久違的……
魔王的恐怖！

咚！
咚！
咚！
兩個惡魔的戰鬥，真是驚人。
但是王，赫露為何如此執著於見您一面？
……嗯，
大概是有關於奧汀的事情吧？
嗡——
滋滋……
如果真見著面，告訴她也無妨。

只、只要有這些錢，就能去住旅館，好好睡上一晚，然後點好吃的料理……
不！不只一晚，這些錢足夠讓我
放回去。
負債魔王
DEVIL GAME

第7話 超巨大火球
Fire

喀啦
喀啦
喀啦！
呼……
呼……
看到了嗎？
我可是毫髮無傷呢。

這證明妳是傷不了我半毫的。
……好。
到目前為止都跟計畫一樣！
蕈目前的力量凌駕在我之上。
所以這場死鬥不可能毫髮無傷。
那該怎麼辦？

我的能力——「憑依召喚」
其中有個能在短時間內增強力量的附身術。
「修羅憑依」！
一旦被施予這個術法，
不但防禦力強化，速度也會大幅增加，
就連肌肉力量也能超越極限。

喀啦
喀啦
但是赫露露
妳要謹記，
效果時間一過，
所有傷害就會
反彈回到自己
身上，嚴重者
足以致死。

幼童化後的我
大概只能施術
十分鐘，
開始
滲血
一定要儘快
給她重創！
喀啦！
不可能……
其他的人類，
早就被我吞噬了……
呼……
呼……
為什麼妳這
傢伙，會如此
難纏啊啊啊啊！

……動搖了。
葦，我們來做個交易吧。
？
這裡是我們所有的錢，而且是真貨。
雙方都差這臨門一腳。
誰能取得對方的金錢，誰就能夠成為勇者。

我們來場「賭博」吧，
勝利者就能拿走對方
所有的錢。
這女人……
在想什麼？
……「賭博」？
不過依現在
的情況，
這種方式對我
反而有利……
有趣，怎麼做？

……
那就要讓她出場了。
轟——！
「審判的精靈（惡魔）」
貝德！
喀啦
喀啦

大地在……晃動？
彷彿有什麼力量從地底下……
不對！
在上面！
王，……那個是？
……
火……
火球？
傳令下去，全軍待命，不要輕舉妄動。
!?
遵命。

這兩人內鬨越嚴重對我們越有利。
觀察看看，
這兩個惡魔在搞什麼名堂吧。
轟轟轟……
妳這傢伙，
想讓這玩意墜落嗎？
別誤會了，
那是貝德召來的。
讓我來說明吧。
這次的惡魔遊戲，
妳們雙方要做的事情就是——

阻止超巨大火球的墜落。

番外篇
Stand By Me
負債魔王
DEVIL GAME

魔王呢？
生死不明。
他隻身前往瓦爾哈拉後，就沒有消息了。
完全感受不到王的力量。
恐怕凶多吉少。
看來……
兩位皇子也受了重傷，
暫時無法繼續領導我們了。

只能讓魔王
最小的孩子，
登上王的位置。
喀！

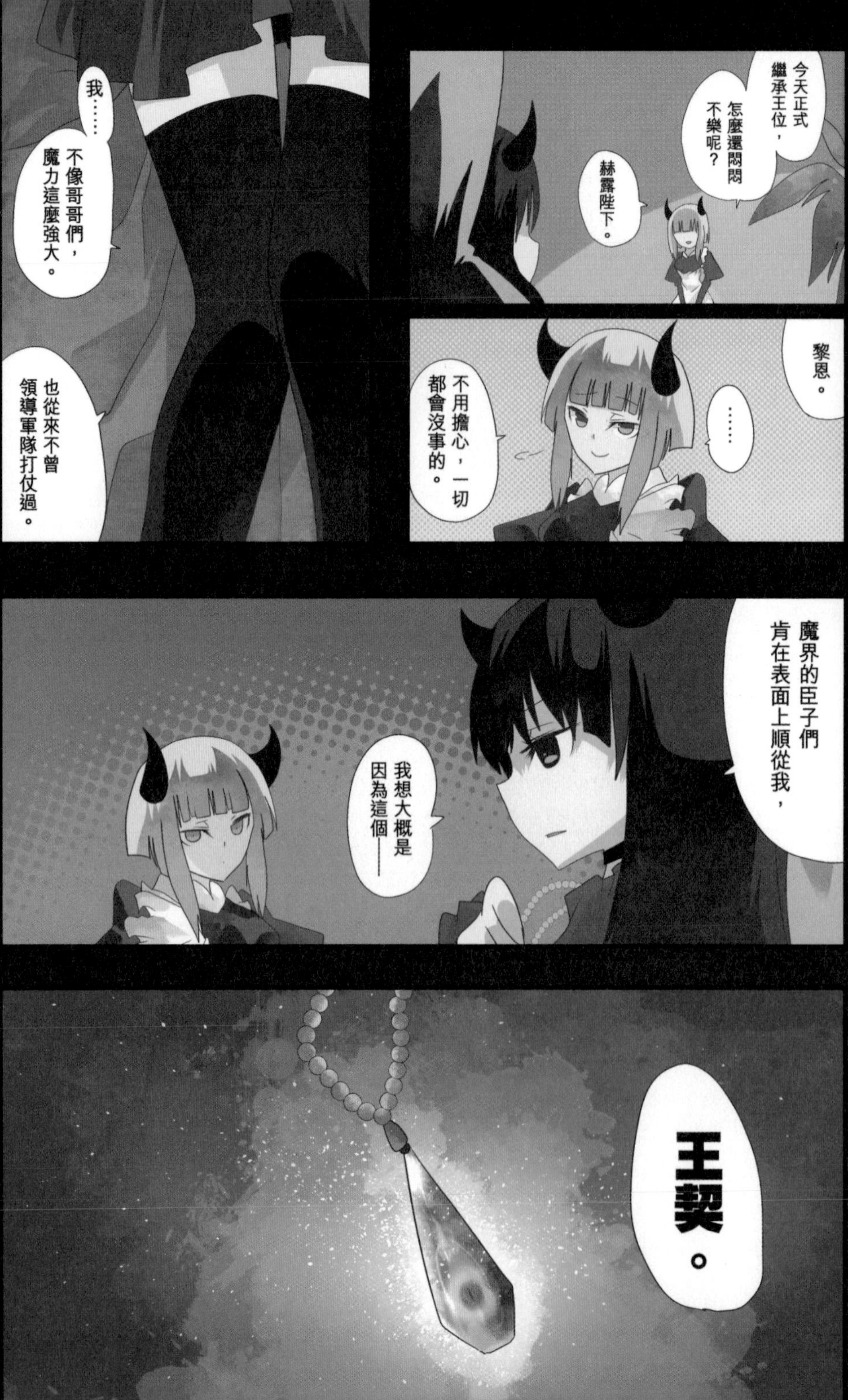
今天正式繼承王位，怎麼還悶悶不樂呢？
赫露陛下。
我……不像哥哥們，魔力這麼強大。
也從來不曾領導軍隊打仗過。
黎恩。
……
不用擔心，一切都會沒事的。
魔界的臣子們肯在表面上順從我，
我想大概是因為這個——
王契。

擁有這個王契的人，就是死國的王。
如果沒有這個東西，
還會有人願意追隨我嗎？
陛下，聽我説——
現在您的父王洛基大人生死不明，
兩位皇子也在養傷中，只有您可以領導我們。
放心。
我們一定都會陪伴在您身邊的。
……嗯。

好了，
明早還有很多國事要處理，請陛下快點歇息吧。
知道了。

鏘！
!?
黎恩！小心！
怎麼了？
是殺手！
他們是……
眾議院的部下！

陛下！往這邊逃！
為、為什麼眾議院……
要派人殺我們？
難道他們要謀反？
屬下也不知道！
嗚哇！
穿過這扇門，請陛下先去安全的地方避難！

讓開！
撕裂！
好、好嚴重的燒傷！
唔！
黎恩！妳沒事吧！
黎恩妳等著！我去找精通治療的不死人巫醫！
王！不要離開我身邊！
可、可是再這樣下去……
妳會死掉啊！
……如果您離開了，
屬下要怎麼……

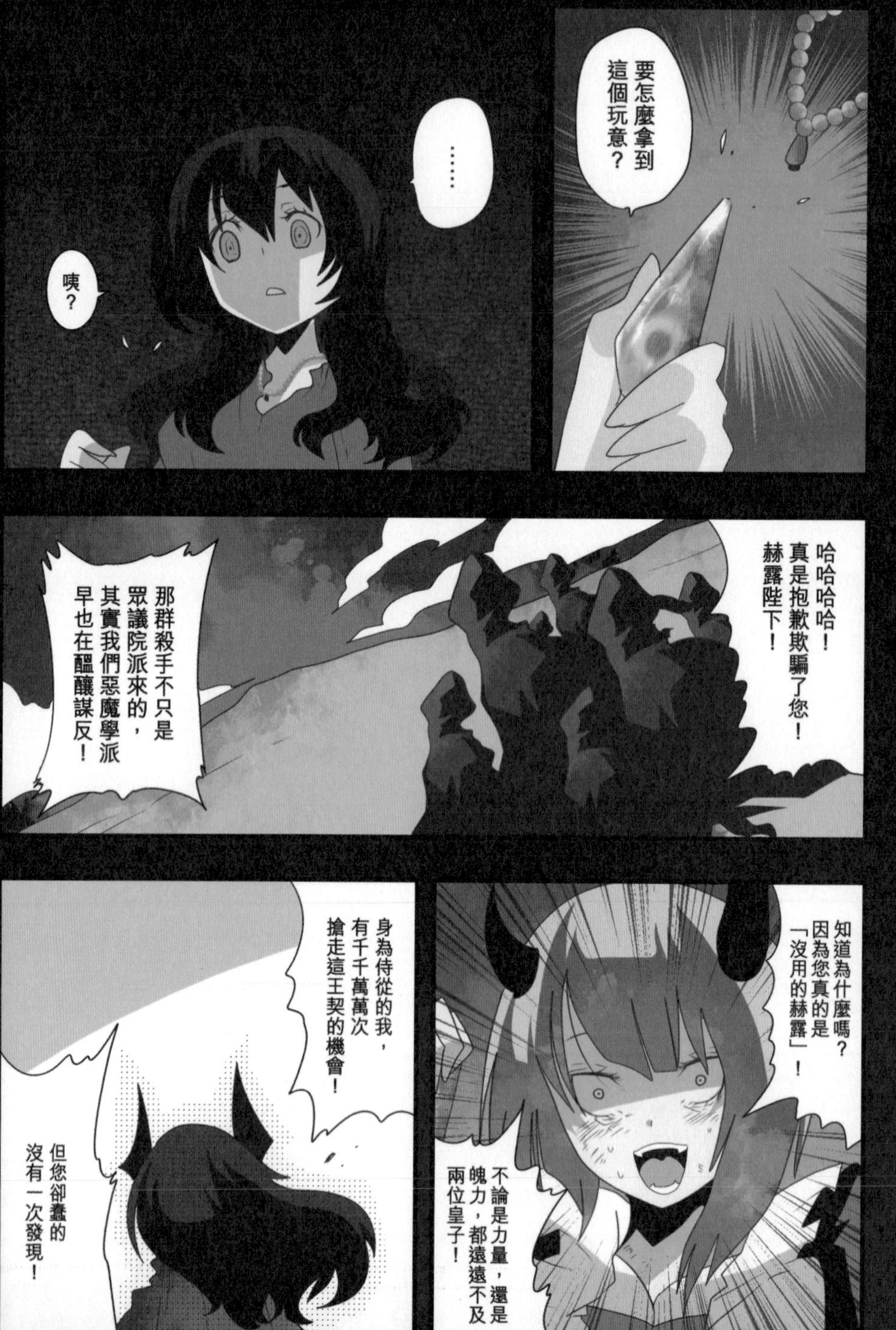
要怎麼拿到這個玩意？
……
咦？
哈哈哈哈！真是抱歉欺騙了您！赫露陛下！
那群殺手不只是眾議院派來的，其實我們惡魔學派早也在醞釀謀反！
知道為什麼嗎？因為您真的是「沒用的赫露」！
不論是力量，還是魄力，都遠遠不及兩位皇子！
身為侍從的我，有千千萬萬次搶走這王契的機會！
但您卻蠢的沒有一次發現！

但託您的福，
我總算是搶在那群老頭之前，拿到王契了！
對不起啊，赫露！其實我也想要這玩意很久了！
每一天每一刻，我都不斷想著要把王契搶過來！
原本想要等到時機成熟再下手！
哈哈哈哈哈哈！
可是其他學派的人已經蠢蠢欲動，我不能眼睜睜看著王契被搶走！
哈哈哈哈哈哈！
妳會體諒我的吧？不，妳一定要體諒我，因為我是「王」！
哈哈哈哈哈哈！

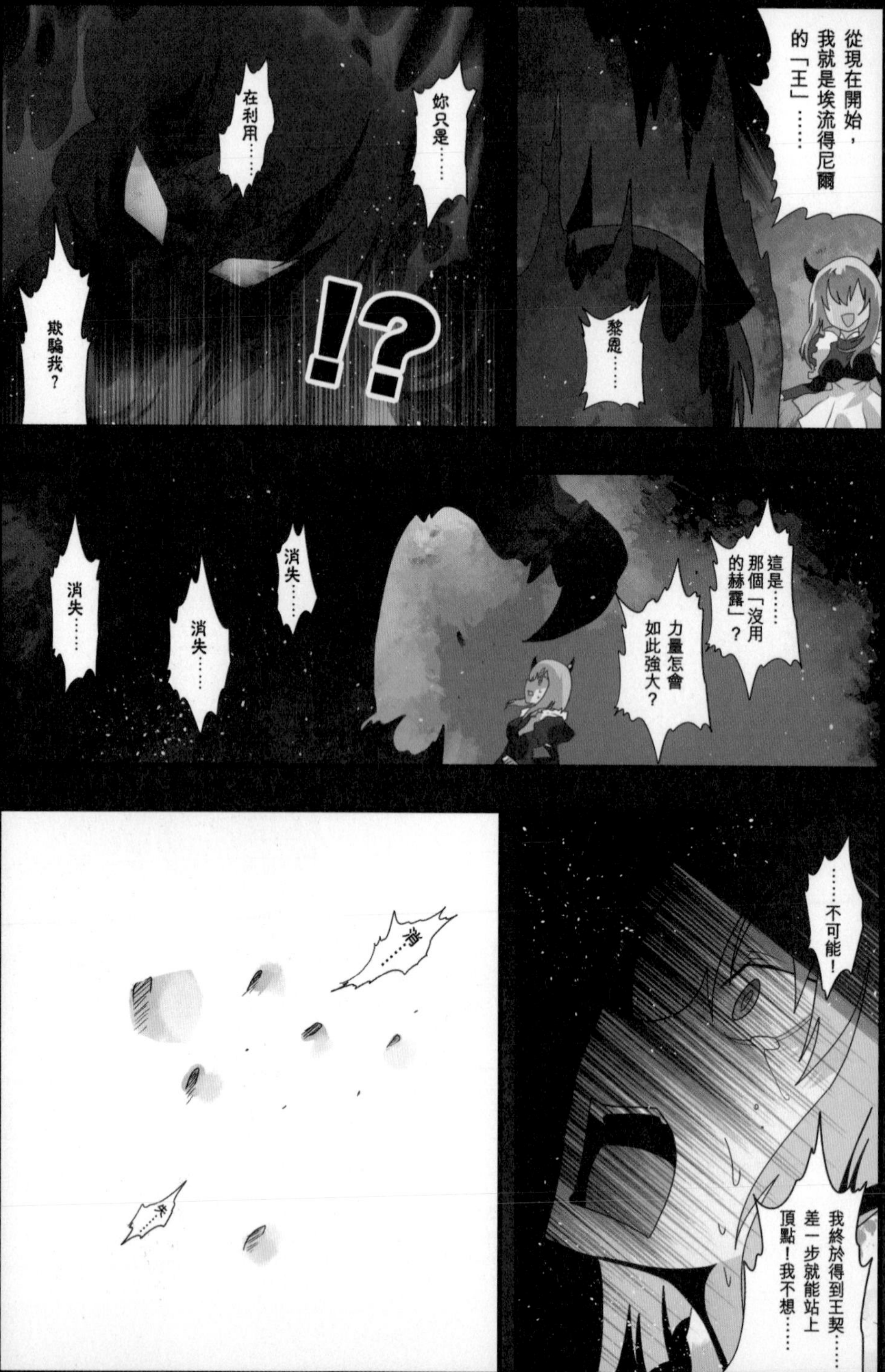
從現在開始，我就是埃流得尼爾的「王」……
黎恩……
妳只是……
在利用……
欺騙我？
!?
這是……那個「沒用的赫露」？
力量怎會如此強大？
消失……
消失……
消失……
……不可能！
我終於得到王契……差一步就能站上頂點！我不想……
消……

那一天，埃流得尼爾國土毀損了將近四成。
赫露的力量徹底解放，讓眾議院與各大學派感到畏懼。
最後，為了讓失控的赫露能夠繼續領導魔界，
長老們將赫露的力量分裂成八個，並賦予他們職位……
即為「王臣」。
你們……
日後將是我赫露的侍從。
上前聽封屬於你們的「名諱」。

首先是妳，繼承地精首領之名——
歌布琳。
歌布琳，我問妳……
撲通！
緊張
無論發生什麼事情，妳都會永遠在我身邊……
撲通！
伺候、效忠，絕對服從於我嗎？
撲通！
撲通！
……怎麼可能？
!?

如果您做錯事情，我會糾正您。
如果您背離該走的道路，我會殺了您。
如果您在滿布荊棘的旅途上遇到困難，我會徹底排除。
如果您持續向前，永不回頭，我將會成為您最強悍的後盾。
如果您不滿意這個回答，最好趁早殺了我。
……不，這樣就好。
這是——赫露與歌布琳最初相遇的故事。

睫毛子無修 S開発三昧
番外篇！《負債魔王》內幕紀實！③

大家好，我是睫毛！製作負債魔王③的過程中，
經歷颱風天淹水，電腦差點遭殃。
黃金腎鬥士老毛病又犯，
痛到成為一條在地上滾來滾去的肥宅，才肯去看醫生！
而且也得了貝爾氏麻痺，
畫面太過驚悚，連畫都畫不出來啊啊哈哈哈哈哈哈！
深深覺得能夠在連載、集結成書壓力下活下來的我，真是太厲害了。
呼
空氣椅
簡直蟑螂。

我想，應該有更好的說法。

這次的番外篇為什麼只有一頁？
編輯部來了指示，希望有本傳的附錄篇章。
其實我本來就想試試看赫露跟歌布琳小時候的故事，
於是就把本來要放在連載的部分畫上去了。
篇幅如果多一點的話，就能交待更完整了……
有點可惜
編
畫吧，篇幅我可以協調。
但是這樣會死，我會死翹翹。
呼！
妳忍心嗎？
生命沒了，你還有靈魂啊。

妳是榨到一滴不剩的高級果汁機嗎!!!!!

次回預告

人與神與惡魔……

最終戰爭的號角已經響起！

2016 第三季 COMING SOON

FUN系列023

負債魔王 Devil Game 3

作　者—睫　毛
主　編—陳信宏
責任編輯—王瓊苹
責任企畫—曾睦涵
編排設計—YunLong　kil-ran@yahoo.com.tw
全書完稿—執筆者企業社
董 事 長—趙政岷
總 經 理
總 編 輯—李采洪
出 版 者—時報文化出版企業股份有限公司
10803　臺北市和平西路三段二四〇號三樓
發行專線—（〇二）二三〇六六八四二
讀者服務專線—〇八〇〇二三一七〇五・（〇二）二三〇四七一〇三
讀者服務傳真—（〇二）二三〇四六八五八
郵撥—一九三四四七二四　時報文化出版公司
信箱—台北郵政七九至九九信箱
時報悅讀網—http://www.readingtimes.com.tw
電子郵件信箱—newlife@readingtimes.com.tw
時報出版愛讀者粉絲團—http://www.facebook.com/readingtimes.2
法律顧問—理律法律事務所　陳長文律師、李念祖律師
印　刷—詠豐印刷有限公司
初版一刷—二〇一六年一月十五日
定　價—新臺幣二六〇元

國家圖書館出版品預行編目資料

負債魔王 3／睫毛　著
初版. -- 臺北市 : 時報文化, 2016.01
冊； 公分. -- (Fun系列 ; 23)
ISBN 978-957-13-6519-0(第3冊 : 平裝)
859.6　　103027259

ISBN 978-957-13-6519-0
Printed in Taiwan

Devil Game Devil Game Devil Gam

Devil Game Devil Game Devil Game

Devil Game Devil Game Devil Gam

Devil Game Devil Game Devil Game

Devil Game Devil Game Devil Gam

Devil Game Devil Game Devil Game

Devil Game Devil Game Devil Gam

Devil Game Devil Game Devil Game

Devil Game Devil Game Devil Gam

Devil Game Devil Game Devil Game

Devil Game Devil Game Devil Gam

Devil Game Devil Game Devil Game

Devil Game Devil Game Devil Gam

Devil Game Devil Game Devil Game

Devil Game Devil Game Devil Gam

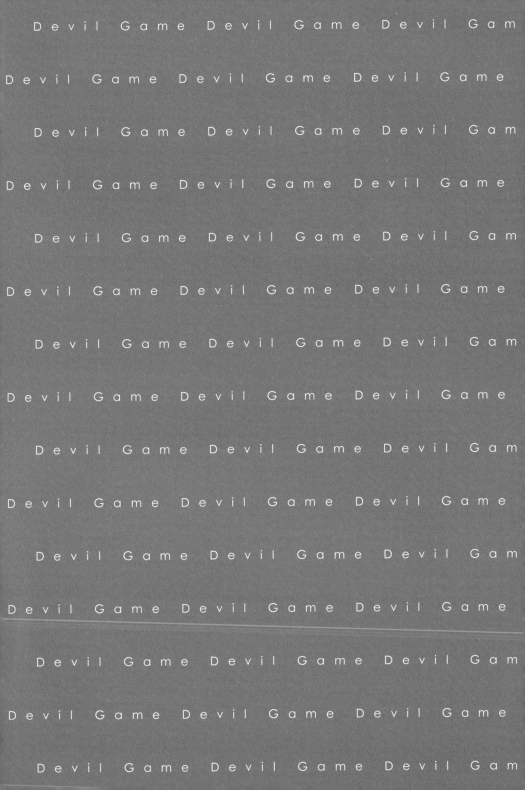

Devil Game Devil Game Devil Game

evil Game Devil Game Devil Game

Devil Game Devil Game Devil Game

evil Game Devil Game Devil Game

Devil Game Devil Game Devil Game

evil Game Devil Game Devil Game

Devil Game Devil Game Devil Game

evil Game Devil Game Devil Game

Devil Game Devil Game Devil Game

evil Game Devil Game Devil Game

Devil Game Devil Game Devil Game

evil Game Devil Game Devil Game

Devil Game Devil Game Devil Game

evil Game Devil Game Devil Game

Devil Game Devil Game Devil Game